KB119913

망하고
망해도
또 연애

망하고
망해도
또 연애

민서영 지음

위즈덤하우스

목차

4장. 섹스에는 죄가 없다

5장. 연애라는 이름의 농담

남의 망한 연애 얘기가
제일 재밌지

스무 살이 되고 첫날, 내 사주를 본 점술가 선생님은 나에게 이렇게 말했다.

"남자가 없는 건 아닌데, 20대에는 인연이 없네."

그때 생각했다.

흥, 웃기는 소리. 누구보다 빠르게 운명의 그 사람을 만나서 당신 말이 틀렸다는 것을 보여주겠어.

그리고 올해, 나는 서른이 되었다.

말하자면 이 책은, 그 운명을 거스르려 부단히도 노력했던 과정과 그 처참한 결과물의 집합체이다.

연애가 세상에서 제일 재미있었고, 섹스가 세상에서 제일
흥미로웠으며, 친구보다 애인이 좋았던 어느 누군가의 이
야기. 지나가는 이들이 모두 나를 연애 대상으로 보기를 바
랐고, 그렇게까지 좋아하지 않는 상대라도 일단 나를 좋아
해주면 좋았고, 내가 좋아하는 사람은 지구 끝까지 쫓아갈
체력과 의지가 있었던 어느 누군가의 이야기. 좋아하는 상
대는 자빠뜨려서라도 내 것으로 만들어야 직성이 풀렸고,
그에게 애인이 있다는 사실은 승부욕을 불태우는 계기가
될 뿐 결코 물러설 이유가 아니었던, 연애를 하고 있어도,
하고 있지 않아도, 혹은 하지 못한다는 이유로 스스로를 패
배자라 여겼던 어느 누군가의 이야기.

연애가 끝났기 때문에 망했는지, 망했기 때문에 끝났는지
는 아무도 모르지만 이러니저러니 해도 결국 남의 망한 사
랑 이야기가 제일 재미있으니까요.

부디 재미있게 읽어주시길.

1장

이번 연애는 망했습니다

나 20대 청년인데
동년배들 다 나 빼고 썸 탄다

나는 썸이라는 단어를 싫어한다. 아니, 싫어하는 수준이 아니라 솔직히 증오한다.

썸, Something(썸씽)의 줄임말인 썸.

내 기억에 그건 분명 본격적인 연애를 시작하기 전 두 사람 사이에 오고 가는 어떤 미묘하고 달달한 감정선을 지칭하는 단어였던 것 같은데, 언제부터인지 '썸'은 연인 관계를 공표하기 직전까지의 모든 일을 통치는 대명사가 되어 버렸다. 그러니까 설레고, 두근거리고, 저 사람이 나를 좋

아하는 걸까 아닐까 하는 그런 아리까리함에 애타는 감정
뿐만 아니라 손잡기, 키스, 심지어는 섹스와 같은 육체적
행위까지도 '썸'의 바운더리 안에 들어간다니. 아니, 세상
이 이리도 바뀌었단 말이냐!

그럼 연애를 할 때는 도대체 뭘 하려고?

아니 그것보다, 썸과 연애의 경계는 대체 어딘데?

전통적인(?) 기준에서 그 경계라 함은, 역시 연인임을 선언
하고 공표하는 '고백'이라는 관문일 것이다.

그런데 솔직히 말해서, 이 '고백'이라는 것 자체는 사실 썩
로맨틱하지 못하긴 하다. 우리가 아는 수많은 로맨스 영화
와 드라마에서 "좋아해!", "사귀자!" 하고 이야기가 진행되
는 경우가 어디 있던가? 그냥 눈빛 몇 번 오고 가고 스쳤
더니 다음 날 아침 침대에서 애매한 수위의 알몸으로 함께
잠에서 깨어나지.

촌스럽게 말이야, 고백 같은 걸 해?

근데 그건 영화잖아. 러닝타임 1시간 45분 동안 내내 엇갈
리고 키스하고 싸우고 섹스하고 삽질하고, 그러다 마지막
5분 동안 후다닥 맺어주는 것 같더니 "그래서 그들은 행복
하게 잘 살았답니다" 하고 끝나버리잖아? 정말 그들이 행

복하게 잘 살았는지는 보여주지 않잖아. 영화가 끝난 다음 어떻게 되는지 알 게 뭐야. 어찌저찌 결혼했더라도, 같이 살아보니 영 아니어서 둘이 머리끄댕이 잡고 싸우다가 2년 안에 이혼하게 될지 어떻게 알아. 이렇게 말하니까 내가 무슨 악담하는 것 같은데, 하여간 거두절미하고.

물론 상대방의 그런 지긋지긋한 모습까지 보고 싶지 않다면, 관계가 막 시작할 때의 달달함 그것만 취하고 싶다면 굳이 말리지는 않겠다. 애초에 나도, 상대도 썸만 원한다면야 뭐가 문제겠어?

하지만 연애를 하고 싶다면, 상대와 진지한 관계가 되고 싶다면 썸 같은 건 최대한 빨리 끝내버리는 게 낫다. 훨씬 낫다. 그러니 아무리 중학생 같아도, 딱 "사귀자"는 세 글자는 아니어도, "지금부터 우리는 연인 관계에 돌입합니다"라고 제대로 선언해주는 것이 좋다. 물론 각자마다 연애 스타일이 다른 것이고, 나는 맛보기 스푼으로 떠보면 밥숟가락째 쥐어주는 사람이라 그럴지도 모른다. 옛다, 처먹어라. 이런 나의 취향에 대해 혹자는 그러면 안 된다고, 한 입 줄 듯 말 듯, 그 아슬아슬한 줄다리기를 잘해야 한다면서 훈수를 두곤 한다. 하지만 그런 것쯤이야 연애하면 다 금방 드러나는 것 아닌가? 그런데도 그 와중에 상대방은 계속 썸 상태에 머무르고 싶어 한다면? 아니 뭐, 굉장히 신중한 성격이라서 그럴 수도 있죠. 그럴 수 있는데, 너도 좋고 나도 좋으면 그냥 연애하면서 알아가면 되지 않나?

썸의 묘미고 나발이고 왜 떠봐, 떠보기는. 내가 수제비야? 심지어 그런 점을 악용해서 사귈 듯 말 듯, 아니 연애를 할 때만 할 법한 행동은 죄다 해놓고, 막상 상대 쪽에서 관계에 대한 정의를 요구하면 '썸'이라는 단어로 얼버무리려 하는 사람들, 별로다. 정말 별로다. (게다가 썸 좋아하는 사람치고 어장 관리 안 하는 사람 못 봤다)

그리고 이것은, 내가 겪은 별로인 '썸'에 대한 얘기다.

...

J는 내가 평소에 좋아하던 어느 밴드의 가수였다. 나는 그 사람의 인스타그램을 팔로우하고 있었고, 간간이 밴드의 공연을 보러 가곤 했지만 직접적으로 인사를 나눈 적은 없었다. 그런데 어느 날, 그가 나의 계정을 팔로우하고는 메시지를 보내온 것이다. "『쌍년의 미학』 작가님 맞죠?" 하면서. 그가 책을 많이 읽는다는 건 알고 있었지만 설마 내 책도 읽을 줄은 몰라서, 약간 놀라기도 하고, 기쁘기도 하고

(?). 여하튼 그렇게 잠시간 메시지를 나누다가 J는 좀 더 이야기를 나누고 싶다면서 다음 공연에 나를 초대했다.

그의 공연이 끝난 후, 우리는 마주 앉아 늦은 저녁식사를 하면서 이런저런 얘기를 나눴다. 그를 실제로 만난 소감은 뭘까. 말 그대로 '인스타그램' 같았다. 그의 수려한 외모는 휴대전화 속의 작은 화면보다 무대 위에서 훨씬 더 빛났지만, 정작 그의 언행은 SNS상의 그것보다는 훨씬 가벼운 느낌이었다. 하지만 이러니저러니 해도 대화는 꽤나 즐거웠고, 그날은 시간이 늦어 다음을 기약하고 헤어졌다. 그후 나는 두어 번 더 그의 공연을 보러 갔고, 공연이 끝나면 그가 자신의 팬들과 인사할 동안(일명, 퇴근길) 나는 근처의 카페에 앉아 그를 기다렸다. 유리창 너머로 그가 팬들에게 사인을 해주고 셀카를 찍어주고, 팬들이 그런 그의 모습을 커다란 카메라에 담는 것을 보며 나는 참 신기하다고 생각했다. 물론 작가인 나에게도 '팬'은 있지만 보통의 독자 팬들은 저렇게 열정적으로 혹은 직접적으로 다가오는 경우는 드무니까. 그리고 그런 팬이 있는 사람이랑 내가 개인적으로 어울리고 있다는 사실이 미묘하게 낯설게 느껴지다가도 왠지 우쭐한 기분마저 들었다.

그런 기분에 약간 취해 있을 즈음, 그날도 그와 함께 늦은 저녁을 먹고 맥주를 한잔하러 어느 펍(pub)에 들어갔다. 가볍게 춤을 출 수 있는 분위기였던 그곳은 음악을 좋아하는 그와 춤추는 것을 좋아하는 나에게 딱 맞는 장소였고, 우리는 각자 한 손에 맥주 한 병씩을 들고 신나게 음악에 맞춰 몸을 흔들었다. 한바탕 춤을 추고 자리에 와서 앉았는데, 앗, 그와의 거리가 가까웠다. 술기운 때문인지, 춤 때문인지 둘 다 약간 흥분해 있던 상태였고, 더해진 열기에 바로 지척에서 향수와 뒤섞인 그의 체취가 더욱 진하게 풍겨왔다. 너무 가까운데….

코앞에서 그의 탄탄한 가슴께가 오르락내리락하는 것이 보였다. 화끈 달아오른 얼굴에 눈을 돌리니 시선이 마주쳤고, 상기된 표정의 그가 눈꺼풀을 내리깔고 나에게 다가왔다. 어느새 그의 눈동자는 내 입술을 향해 있었다.

키스, 한다.

하지만 그 순간, 왠지 지금 그와 입을 맞추면 오늘의 종국에는 섹스까지 하고야 말 것 같다는 느낌이 강하게 들었다. 결국 나는 쓱, 고개를 돌려 그의 입술을 피했다. 그는 머쓱한 듯 물러나더니 자기 앞에 놓인 맥주를 마셨다.

솔직히 지금은 조금, 아주 조금 후회는 한다.

아, 그때 그냥 한번 해볼걸! 시원하게 키스든 섹스든, 내가 언제 또 무대에 서는 사람이랑 그런 걸 해보겠어? 하지만 그때 그 순간에는, 왠지 그와 그러고 싶지 않았다. 그 사람과 나눴던 대화를 떠올려봤을 때 그는 연애 관계를 포함한 그 어떤 진지한 관계도 원하는 것 같지 않았기 때문이다. 만약 이대로 이 사람과 어울려버린다면, 그와는 그저 '썸'이라는 이름에만 그친 어중간한 관계가 될 것 같았다.

그런 내 예상이 맞았는지는 모르겠지만 결국 그 사람과는 그렇게 흐지부지 멀어졌다. 뭐, 지금도 가끔 그에게서 연락이 오곤 하는데 막상 진짜 만나자는 약속은 안 하는 걸 보니 어느 정도는 맞았나 보다.

결국 썸이란, 자신의 감정에 온전히 책임을 지기 싫은 사람들이 하는 선택이 아닐까 싶다. '진짜', 그러니까 '감정' 혹은 '사랑'을 경험하기가 무서운 사람들이 하는 비겁한 행동 말이다.

물론 요즘 동년배들이 주구장창 썸만 타는 이유를 이해 못하는 것은 아니다. 세상은 흉흉하지, 일은 바쁘지, 살기는 팍팍하지, 게다가 연애만큼 누군가와 긴밀하게 연결되는 행위는 없으니까. 그 과정에서 손해 보고 싶지 않으니까, 상처받고 싶지 않으니까. 그러니까 다들 그렇게 간이나 보고 깔짝거리다 결국 이도 저도 아닌 상태에 머무는 게 아닐까. 깊게 빠지지 않으면 깊게 상처받을 일도 없을 테니까. 우리는 모두 다 연약한 영혼이니까, 그런 마음 자체를 욕할 수야 없지, 암.

하지만 나는, 사람이 진짜를 겪어야만
성장하는 존재라고 믿는다.

진짜 연애, 진짜 사랑을 경험해야만 다음 장으로 넘어갈 수 있다고 말이다. 썸이라는 이름으로 잠깐의 옥시토신* 분비를 맛보아봤자, 호르몬의 장난은 금방 끝나고 만다. 결국 남은 것은 허무감뿐. 그럼에도 불구하고 '썸'에 의미가 있다면, 일찍이 아니다 싶은 면을 재빨리 파악하고 멀어지는 것, 딱 거기까지라고 생각한다. 다른 말로, 썸 타는 상황에서 이미 별로인 사람이라면 일찌감치 끊어버리는 게 답이라 이거다.

그런 가벼움을 넘어 아주 잠깐이라도 자신의 감정에, 관계에 책임을 지겠다고 마음먹고 하는 행동에는 무게가 실

---

* 옥시토신(oxytocin) : 뇌에서 분비하는 호르몬의 일종으로, 행복물질이라 불린다.

린다. 그리고 그것은 분명히 자신에게 돌아온다. 긍정적이든 부정적이든, 반드시 나를 성장시키고 진짜가 되어 돌아온다. 진짜 관계, 진짜 사랑. 솔직히 그게 뭔지는 아직도 잘 모르겠지만, 적어도 가짜를 피하다 보면 언젠가는 만나게 되지 않을까.

하여튼 그래서, 할 거예요, 말 거예요?
우리 연애합시다. 썸 말구요.

그다지 좋아하지 않았던 사람에게
차였던 경험에 대하여

말 그대로, 그다지 좋아하지 않는 사람에게 차였다.

사실 이걸 차였다고 해야 할지, 까였다고 해야 할지. 애초에 그 둘 사이에 차이라는 게 있긴 한지도 모르겠지만 하여간 어느 쪽이든 말 그대로 '쫑'이 났다.

아는 언니가 불러서 나간 술자리였다. 장소는 이태원. 외국인과 내국인이 뒤엉켜 붐비던 거리를 뚫고 도착한 그 자리에는 언니와 웬 남자 두 명이 앉아 있었다. 언니와 둘만의 술자리인 줄 알고 나온 나는 조금 당황했지만 어쨌거나 사람 만나는 걸 좋아하기도 하고, 무엇보다 근래에 본 외간 남자들 중에 그나마 가장 준수한 외모를 가진 둘이었기에 나는 별 생각 없이 그들과의 합석을 받아들였다. 한 명은 패션 쪽 일을 하는 친구였고, 다른 한쪽은 언니와 같이 미술 쪽 일을 하는 친구라고 했다. 나이는 나랑 동갑.

사실 내가 관심 있는 쪽은 그가 아니라 다른 쪽이었다.

내 취향은 굳이 말하자면 패션 쪽 일을 한다던 날카로운 눈매를 가진 남자였다. 그래서 술자리가 진행되는 내내 그녀석의 주위를 맴돌며 관심을 표했고, 나름 번호도 교환하고 잘되는 것 같았는데… 이 자식, 자정이 되자마자 신데렐라마냥 뿅 사라지는 게 아닌가. 내일 일찍 출근해야 한다고. 그로부터 몇 분 지나지 않아 언니의 남자 친구가 와서 언니를 데리고 갔고, 나는 술자리 내내 말도 몇 마디 섞지 않았던 그와 단둘이 남겨졌다. "어떻게 할래?"라고 그가 묻자, 나는 "한잔 더 할까" 하고 대답했다.

우리는 아무 술집에나 들어가 소주를 한 병 시켜놓고, 별 쓸데기 없는 대화를 나눴다. 솔직히 별로 궁금한 것도 없었다. 그는 예의가 있었고 상냥했지만, 애초에 그다지 관심이 없었기 때문에 그다지 할 말도 없었다. 아까 전 포차

에서 먹은 나가사키 짬뽕탕 때문에 잔뜩 배가 불러 안주를
더 시켜 먹고 싶지도 않았다. 주절주절, 별 의미도 없는 이
야기를 하는 사이 살얼음이 낄 만큼 차가웠던 소주가 미지
근해졌고, 술이 줄어드는 속도도 지지부진해졌다. 결국 그
와 나는 소주를 반병도 채 비우지 못하고 가게 밖으로 나왔
다. 여름이 다가오고 있을 때라 저 멀리 이미 동이 트고 있
었다. 그가 물었다.

"어떻게 할래? 집에 갈래?"

"가자, 모텔."

그는 별 반응이 없었다. 대신 큰 길가로 나가 택시를 잡았다.

"이럴 거면 바로 모텔로 갈걸."

택시 뒷좌석에 앉아 내가 심드렁하게 말하자, 그가 고개를
끄덕였다.

택시에서 내려 적당한 모텔에 체크인을 하고 엘리베이터
에 탄 순간, '에라 모르겠다' 내가 먼저 그의 입술을 덮쳤
다. 어차피 우리 이러려고 온 거잖아. 그는 역시나 별다른
반응 없이 그 갑작스러운 키스를 받아들였고, 띠링, 엘리베
이터가 방이 있는 층에 다다라서야 서로에게서 떨어졌다.
모텔 복도를 지나 방에 들어서니, 이미 햇빛이 들기 시작해
환했던 복도와는 달리 어두컴컴했다. 단 한 줌의 빛도 허용

하지 않겠다는 어떤 단호한 의지가 엿보이는 그 풍경에, 나는 어쩐지 다행이라는 생각이 들었다.

"먼저 씻을래?"

내가 묻자 그는 곧바로 샤워실로 향했다. 그가 들어가는 것을 확인한 후에야 나는 풀썩 소리가 나도록 침대 위에 드러누웠다. 아직 술기운이 안 가셔서 눈을 꼭 감고 있는데도 머리가 빙글빙글 돌았다. 내가 진짜 술을 끊어야지. 겨우 소주 두 병에 이게 무슨. 저 안쪽에서 "쏴아아" 하고 샤워기 물줄기 소리가 들렸다.

이대로 쟤가 나오면 우리는 섹스를 하겠지.

그 순간 문득, 모닝섹스는 참 낭만적이라는 생각이 들었다. 작은 죽음이라고도 불리는 잠에서 깨자마자 서로의 존재를 확인하고 상대를 탐닉하는 행위. 섹스는 모든 생산 활동이 끝난 밤에 하는 거라는 어떤 불문율을 깨고, 모두가 생계를 유지하기 위한 활동을 시작하는 아침에 몸을 맞댄다는 사실에서 오는 약간의 배덕감. 살짝 나온 배 정도는 충분히 감출 수 있는 캄캄한 어둠이 아니라 서로의 치부까지도 훤히 보이는 햇빛 아래에서 하는 모닝섹스는 말하자면, 믿음을 기반으로 한 행위가 아닐까? 어떤 의미로는 성스럽기까지 하지. 뭣보다 있지, 자고 일어나면 입 냄새 장난 아니잖아. 근데 그런 극한의 상황에서도 서로 구취 따위는 신경 쓰지 않는 척하는 거, 나는 그거 진짜 사랑이라고 생각하거든.

하지만 이건 아니야. 지금 이건, 그런 게 아니잖아.

그런 생각을 하고 있을 무렵 샤워를 마친 그가 샤워실에서 나오는 소리가 들렸다. 나는 재빨리 눈을 감고 자는 척을 했다. 실제로 정말 피곤하기도 해서 눈꺼풀이 도저히 떠지질 않았다. 근처에서 그의 기척이 느껴졌고, 그는 몇 번인가 내 어깨를 톡톡 두드렸지만 내가 잠들었다고 생각했는지 더 이상 나를 건드리지 않았다. 아, 다행이다. 적어도 인사불성이 된 여자를 어떻게 하려 드는 악질은 아닌가 보군. 이내 옆에서 침대보가 부스럭거리는 소리가 들렸고, 몇 분 지나지 않아 일정한 박자로 색색거리는 숨소리가 들려오자 나는 그제야 침대에서 일어나 샤워실로 향했다. 어메니티 파우치 안에 든 클렌징 오일로 적당히 화장을 지우고, 이를 닦고, 가볍게 샤워를 한 후 침대로 돌아오니 그는 이불을 한껏 내치고 대자로 뻗어 자고 있었다. 어두운 방 안에서도 훤히 보일 만큼 드러난 덕분에 나는 본의 아니게 머리카락에서 떨어지는 물기를 가볍게 털어내며 그의 자태(?)를 감상했다. 그는 의외로 탄탄한 몸을 가지고 있었다. 농구가 취미라고 했나, 축구가 취미라고 했나. 군살 없이 매끈한 몸에 제법 준수한 것이 그가 두른 샤워가운 아래로 비죽 머리를 내밀고 있었다. 하지만 역시, 아무 생각이 들지 않았다. (아니 뭐, 무슨 생각이 들었으면 어쩔 거야)

결국 나는 조심스레 이불을 끌어당겨 그의 위에 덮어주고는, 그의 팔다리를 피해 빈자리에 누웠다. 하지만 자세가 영 편치 않았다. 다리는 그렇다 쳐도 그의 팔이 여전히 내 자리를 훌쩍 침범했기 때문이었다. 하는 수 없이 팔을 치우기 위해 그를 살짝 건드리자, 그가 한 번 몸을 뒤척이곤 반대쪽으로 굴러갔다가 다시 내 쪽으로 굴러왔다. 그러고는 팔을 잠깐 침대 위로 더듬거리더니 갑자기 덥석, 내 허리를 안았다.

하지만 그뿐이었다.

그는 내 샤워가운에 폭 고개를 묻고는, 그대로 다시 새근새근 잠에 빠져들었다. 뭐야, 이 자세는. 야, 야. 그의 정수리를 콕콕 찔러보았지만 그는 미동도 없었다. 우습게도, 그의 얼굴을 자세히 본 것은 그때가 처음이었다. 눈매가 예뻤다. 꼭 강아지 같은 눈이네, 내 취향은 아니지만. 그런 생각을 하다 까무룩, 나도 모르게 잠이 들었다.

내가 다시 눈을 떴을 때는, 어정쩡하게 잠든 자세가 무색할 만큼 침대 한쪽 끝에서 이불 가장자리를 꼭 껴안고 자고 있었다. 끙차, 대충 손에 잡힌 휴대전화를 확인하니 12시쯤이었다. 그럼 한 다섯 시간쯤 잔 건가…. 평일이라 그런지 체크아웃을 알리는 전화기는 조용했다. 얘는 아직 자나? 고개를 돌리니, 바로 옆에서 천장을 향한 그의 얼굴이 보였다. 그 역시 깬 지 얼마 되지 않은 것인지 약간 찌푸린, 하지만 멍해 보이는 얼굴이었다. 나의 시선을 느꼈는지 이내 그의 눈은 나를 향했다.

"안녕."

"굿모닝."

우리는 멀뚱멀뚱 서로를 쳐다보았다.

결국 그가 먼저 입을 열었다.

"섹스할래?"

"음… 아니."

"그래."

그게 다였다. 조금 더 누워 있다가 그가 먼저 일어나 주섬주섬 팬티를 찾아서 입기 시작했고, 나 역시 테이블 위에 올려둔 원피스에 몸을 꿰어 넣었다. 옷을 다 입고, 우리는 모텔 냉장고에 있던 음료수를 각각 하나씩 꺼내 손에 들고 그곳을 나섰다.

초여름의 해가 하늘 꼭대기에 떠 있었다. 아, 너무 밝은데. 빛에 타 죽을지도 모른다고 생각할 무렵, 그가 손을 내밀었다. 그의 손바닥이 작열하는 태양 빛을 받으며 하얗게 빛나고 있었다. 나는 의아하다는 얼굴로 그 손을 바라보다 어물어물 그것을 맞잡았다. 그러자 그가 몸의 방향을 틀어 그대로 걷기 시작했다. 조금 엉거주춤한 모양새로, 우리는 역을 향해 걸었다.

며칠 후 그와 나는 먼젓번의 그날처럼 한낮의 태양이 내리쬐는 낮에 다시 만났고, 우리는 공원을 걸었다. 그다음 주에는 그가 좋아한다는 어느 카페를 갔고, 내가 자주 가던 마라탕 가게에서 저녁을 먹었다. 짧았던 만남들 사이에 조금 더 잦은 메시지와 몇 번의 긴 통화가 오고 갔지만…. 글쎄… 그것뿐이었다.

그래서였을까? 언제쯤부터라고 할 것도 없이 답장이 오고 가는 횟수는 줄어들었고 통화도 드문드문, 그렇게 슬그머니 그는 나의 기억 속에서 잊혀져갔다. 그리고 그의 소식을 다시 들은 것은, 언니와의 전화 통화에서였다. 언니는 그날 우리가 어떻게 된 것인지 물었고, 나는 솔직하게 대답했다.

별일 없었다고. 언니가 물었다. 걔랑 만나보려고?

"아니, 그건 아닌데. 다시 만나지는 않을 것 같아."

"왜? 별로였어?"

"아니 그런 게 아니라, 그냥 별로 공통점도 없고."

나의 심드렁한 대답에 언니가 말을 이었다.

"그럼 다행이네."

"뭐가?"

"걔도 그러더라고, 여자 친구랑 헤어진 지 얼마 안 돼서 연애 생각 없다고."

그 말을 들으니 불쑥 화가 치밀어 올랐다.

참나, 지가 뭔데 먼저 나를 차? 지가 뭔데 나를 까지?

애초에 좋아하는 것도 아니고, 떡 줄 사람은 생각지도 않는데 무슨 연애야? 진짜 어이없네.

아니, 그것보다는… 나는 사귈 생각이 없어도 너는 나를 좋아해야 하는 거 아니야?

왜 그럴 생각이 없는데? 왜 나를 안 좋아해? 물론 나는 너를 안 좋아하지만, 왜 너는 나를 안 좋아해?

그런 뜬금없는 마음이 치고 올라왔다.

사실 몇 년 전이었다면, 네가 넘어오나 안 오나 누가 이기는

지 보자면서 몇 번쯤 세차게 뒤흔들어봤을지도 모르겠다.

하지만 이제 그러고 싶지 않았다.

너무 귀찮았다. 그럴 이유도, 가치도, 생각도 없었다.

서로가 원하지 않는 관계는 더 이상 이어나가고 싶지 않다. 어긋난 퍼즐을 억지로 맞춰보는것, 그건 더 이상 내가 원하는 관계가 아니었다. 내게 꼭 맞는 소울메이트를 바라는 건 아니지만 적어도 더 이상의 '적당히'는 없고 싶었다. 적당히 만나서 적당히 연애하고, 적당히 헤어지는 그런 과정을 더 이상 반복하고 싶지 않다. 그것이 얼마나 의미 없고 생각 이상으로 재미없는 일인지 우리 모두가 알고 있으니까.

언니들은 말한다. 원래 그런 거라고, 나이 들면 더 그렇다고. 열정은 이내 사라지고 미지근함만이 남는 게 당연하다고, 그렇게 길게 이어지는 거라고. 근데 아무리 그래도 말이야, 적어도 뜨뜻하기라도 해야 하지 않나요? 어차피 언젠가 식는다 하더라도, 적어도 지금만큼은 말이에요. 저는 아직 뜨겁고 싶거든요. 두근거리고 싶거든요.

좋아하고 싶어요, 사랑하고 싶어요.

아침에 딥키스를 해도 입 냄새마저 견딜 수 있는 사랑을 원해요.

조금 꼴사납더라도 좋아하는 사람에게 확실하게 좋아한다고 말하고 싶어요. 차이더라도 제대로 들이받아 보고 차이고 싶어요.

그러니까 그냥 차이는 것보다 엿 같은 일이 있다면, 그건 아마 그다지 좋아하지 않았던 사람에게 차이는 걸 거야.

믿음, 소망, 사랑 중 제일은 탄수화물

외로워서 남자를 만나고 싶다면
일단 떡볶이를 드셔보세요.
의외로 인생의 고민 중 대부분은
빵을 먹으면 해결됩니다.

Let's see how it goes

　　　　　　　　　　스위스에서 호텔 매니지먼트를
전공하며 유학하던 당시, 우리 학교는 인턴십이 필수였다.
지금 당장은 상상도 못할 광경이지만 학생들은 학기중에
인턴십을 위해 전 세계에 있는 호텔, 리조트와 면접을 보았
고, 학기가 끝나면 제각각 온 세계로 흩어지곤 했다. 그곳
에서 맡은 일을 잘해내거나 좋은 성과를 내면 그대로 정규
직을 제안받는 경우도 왕왕 있었으니 학생들에게는 꽤 괜
찮은 기회였던 셈이다. 어쨌거나 나 역시 그것을 해야 했

고, 어쩌다 보니 영국에 있는 유명 호텔의 체인에서 인턴십 기회를 얻었다.

미리 말하자면, 나는 언제나 영국을 동경했다. 아니, 정확히는 뮤지컬의 성지 웨스트엔드를 동경했다. 스위스에 있을 때마저도 틈만 나면 런던으로 날아가 당일표로 뮤지컬을 볼 정도였으니, 그 인턴십이 나에게 얼마나 큰 기회였는지는 다들 어렵지 않게 상상할 수 있을 것이다.

인턴십 합격 메일을 받자마자 나는 부푼 마음을 안고 약 1년 가까이 사귄, 졸업 후 고향인 싱가포르로 돌아간 당시에는 롱디* 중이었던 남자친구 M에게 영상 통화를 걸었다. 조금이라도 빨리 이 기쁜 소식을 전하고 싶었기 때문이다. 싱가포르 시간으로는 새벽이었지만 그는 전화를 받았고, 나는 한껏 신이 난 채로 나의 희소식을 전했다. 하지만 정작 그의 반응은 내가 예상했던 것이 아니었다. 잠깐의 침묵이 흐르더니, 그가 입을 뗐다.

"그럼 나는?"

* 롱디 : 장거리 연애.

나는 그 말을 듣고 정신이 아득해지는 것을 느꼈다. 내가
지금, 그토록 꿈꾸던 영국으로 인턴십을 간다는데 제일 처
음 하는 말이 "축하해"도 아니고 "잘됐다"도 아니고 "그럼
나는?" 하지만 이어지는 그의 말이 더 가관이었다.

"너는 영어도, 중국어도, 일본어도 할 줄 알고, 한국인이
잖아. 그냥 이번 학기만 졸업하고 이쪽으로 오면 안 돼?
너, 여기서 충분히 일할 능력 되잖아. Then let's see how it
goes."

Let's see how it goes.
그때 가서 어떻게 되는지 보자.

나는 그때 처음 알았다.
그렇게 무책임한 말이 있을 수 있구나.
당시 그는 스물여섯 살, 나는 스물두 살. 사실 4살 나이 차
이는 별 문제가 아니었다. 진짜 문제는 그가 아무런 능력
도, 생각도 없이 나를 싱가포르로 끌어들이려 하는 것이었
다. 그것도 아주 큰 문제!
그는 나에게, 나의 언어 능력을 살려 싱가포르 항공에서 승
무원으로 일하라고 했다. 하지만 당시 싱가포르 항공의 경

우 내국인은(싱가포르인) 2~3년제의 전문학교를 졸업해도 취직을 할 수 있었지만, 외국인의 경우 4년제 정규대학을 졸업해야 한다는 규정이 있었다. 그런 것도 모르면서, 나보고 다짜고짜 학업을 중단하고 오라고?

무엇보다, 내가 아무리 어렸을 적부터 이리저리 떠돌아다니는 삶을 살았다 해도 어찌 되었든 남의 나라다. 내게는 전혀, 요만큼의 접점도, 기반도 없는 나라라는 뜻이다. 너는 유학 오기 전부터 살았던 그 나라 사람이지만 나는 아니라고. 그런 상황에서 공부도, 경력도 그만두고 오라니, 그런 무지와 무책임은 도대체 어디서 나오는 거지? 더군다나 그는 당시 취직조차 하지 못한 상태였고, 부모님의 집에 얹혀살고 있었다. 딱히 그가 나를 온전히 책임지길 바란 것도 아니었다. 내가 다 알아서 할게, 너는 몸만 와. 그런 걸기대한 것도 아니었다. 하지만 아무리 그렇다고 해도, 아무것도 없는 너를 내가 당연히 "따라갈 것"이라는 근거 없는 자신감은 대체 어디서 나온 건데?

하지만 그런 이유를 다 떠나, 내가 그에게 가장 실망한 이유는 나의 꿈을, 나의 미래를 전혀 응원하지 않는 그의 사고방식 때문이었다. 내가 영국으로 인턴십을 가는 것이 마치 이기적인 선택인 양 취급한 것이 불쾌했다. 그것이 아무리, 그러니까 백번 양보해서 그가 나를 놓치기 싫었기 때문이었다 하더라도 그는 그랬으면 안 됐다.

그것은 사랑이 아니었다.

그것은 집착이었고 족쇄였다. 그는 겨우 스물두 살이었던 나에게 그 모든 부담을 지우려고 하고 있었다.

결국 우리는 헤어졌다. 하지만 또 완전히 관계가 끊어진 것은 아니라 드문드문 연락을 주고받았는데, 그때마다 그는 끊임없이 회유했다. 가지 마, 돌아와, 이리로 와. 하지만 학기를 마치고 내가 결국 영국으로 떠나자 그는 모든 연락을 끊어버렸다. 딱 한 번, 내가 먼저 그에게 연락한 적은 있었다. 혈혈단신 영국에 도착해 모든 것이 낯설고 두려워 지독히도 외롭다고 느낀 어느 날, 그에게 엄청나게 비싼 국제전화를 걸었다. 하지만 그는 이 모든 게 내가 자초한 일이라고 매몰차게 말하며 전화를 끊었다. 고소하다고 생각했을 것이다. 그러지 않았다 하더라도 나는 그렇게 느꼈다. 어찌 되었든 나에게 그가 가장 필요했을 때 그는 곁에 없었다.

그랬던 그는 우습게도, 다음 해 나의 생일에 뜬금없는 생일 축하 메시지를 보내왔다. 그해뿐만이 아니었다. 내가 인턴

섭을 마치고 스위스로 돌아간 다음 해에도, 졸업 후 한국으로 돌아온 그다음 해에도, 그 후로도 쭉― 그렇게 자그마치 5년을 말이다.

"영원히 네 생일은 잊지 않을 거야."

그런 자신만의 싸구려 감상에 취해서는, 으.

그러다 언젠가 한번은, 그에게 여자 친구가 생긴 것을 뻔히 아는데도 연락이 오기에 '그만 보내. 네 여자 친구도 너 이러는 거 아니?' 하고 답장을 보냈는데 그때 받은 답장이 참 가관이었다.

'왜? 신경 쓰여?'

기도 안 차서 그가 사진마다 태그해놓은 그의 여자 친구에게 '나는 너의 남자 친구의 전 여자 친구인데, 정말 당신의 남자 친구에게 관심이 없고, 당신의 남자 친구는 이런 식으로 나에게 연락하고 있다. 잘 판단하기 바란다'며 그의 메시지를 모두 캡처해서 보냈더니 그 후로 한동안은 연락이 오지 않았다. (그렇다. 내가 이렇게 무서운 사람이다) 하지만 또 얼마간 시간이 지나자 또 메시지를 보내길래 도대체 언제까지 연락이 오려나 싶어 내버려 둬 봤는데, 올해 드디어 그 문자가 끊겼다! 할렐루야!

아마도 그때부터였을 것이다.

"기면 기고, 아니면 아닌" 게 된 것이.

나에게 불확실한 것, 애매한 것은 독이다. 확실한 시작점과, 확실한 끝맺음을 원한다.

지금이 아니면, 영원히 아니라고. 나중은 없다고.

Let's see how it goes.

그때 가서, 어떻게 되는지 보자.

그런 애매하고 무책임한 말로 상대방을 속이는 것, 머뭇거리게 하는 것. 그건 예의가 아니라고.

나는
찌질한 남자를 좋아한다

　　　　　　　고백할 것이 있다. 나는 사실, 찌질한 남자를 좋아한다.

지금까지 네가 해온 말이 있고 보여온 '행보'가 있는데 이게 뭔 개소리인가 싶겠지만, 사실이다. 나는 정말로 찌질한 남자를 좋아한다.

그렇다고 해서 그들에게 애착을 느낀다거나 성적으로 욕

망한다거나 하는 건 아니고. 그래, 못생긴 시고르자브종*
개를 귀여워하는 느낌으로 좋아한다.

어떤 느낌이냐면, 밴드 장미여관의 「봉숙이」 노래 가사에
등장하는 남성 화자 정도면 딱이다. 마치 그림으로 그린 것
처럼 찌질해서 내 안의 어떤 자아를 두드린다고 할까?

나이도 제법 찼는데 취직은커녕 음악이니 영화니, 하여간
'레-술' 한답시고 몇 년째 놀고먹고, 이미 정년퇴임한 부모
님 집에 얹혀살면서 엄마한테 매달 30만 원씩 타서 쓸 것 같
은 남자. 그것마저도 지랑 똑같은 '레-술맨'들이랑 소주 먹
는 데 죄다 탕진할 거고, 알바라도 하면 좋으련만 '레-술' 공
부를 핑계로 아무것도 안 하는 거지. 사실은 그냥 끈기도 뭣
도 없는 거면서.

그러다 내가 "뭐 해? 술 마실래?" 하면 5분 만에 냅다 튀어
나오는 거야. 그래도 나 만난다고 365일 신던 슬리퍼 대신
운동화는 신었어. 근데 대체 저 티셔츠는 몇 년을 입은 건
지 나염이 다 빠져서 프린트 색이 다 바랬네. 어우 쫌, 제발
가서 한 벌 사 입어라. 쪽팔린다, 쪽팔려. 그런데 웬일로 자
기가 괜찮은 바(bar)를 알아냈다면서, 자신 있게 앞장을 서

* 시고르자브종 : 시골 잡종, 일명 똥개.

40

네? 그냥 호프집이나 포장마차나 갈 생각이었는데. 그래 어디, 수작이 뻔히 보이지만 일단 따라가 봐.

역시나, 바라고 하기도 민망한 상가 2층의 허름한 펍이야. 냉장고 안에 즐비한 형형색색에 화려한 전 세계 맥주 가운데 너는 우둘투둘 가장자리가 일어난 갈색의 국산 맥주를 가져오겠지. 왜냐하면, 그게 제일 싸니까. 그때 내가 딱, 데킬라 칵테일 한 잔 시키잖아? 그럼 막 동공에 지진이 나기 시작하는 거야. 눈앞에 막 계산기가 짜그락 따라락 톡톡톡 하고 지갑이 열렸다 닫혔다 수백 번을 했어. '아이씨, 비싼 거 마시네, 이거 한 잔만 먹겠지? 설마 더 마시지는 않을 거야', '이거 마시면 드디어 나랑 잘까? 오늘이야말로 나 얘랑 잘 수 있겠지? 아, 모텔비 어쩌지' 하는 그런 생각이 대가리 속에 스쳐 지나가는 게 다 보여. 그러면서 '오빠'가 큰맘 먹고 사는 거라며 아주 온갖 생색을 내. 이거 만 원도 안 하는데.

그래도 처음에는 그냥 좀 들어주기로 해, 나도. 섹스 한 번 해보겠다고 발악하는 게 웃기기도 하고, 귀엽기도 하고. 그렇다고 지금 당장 침대 위로 끌고 갈 만큼 사랑스러운 건 또 아니고. 그래서 적당히 있다가 "나 집에 갈래" 하면 있잖아. 이러는 거야.

야 봉숙아, 만다고 집에 드갈라고

꿀발라스 났드나, 나도 함 묵어보자.

아까는 집에 안 간다고

데낄라 시키돌라 케서,

시키났드만 집에 간다 말이고

못 드간다

못 간단 말이다

이 술 우짜고 집에 간단 말이고

못 드간다

못 간단 말이다

묵고 가든지 니가 내고 가든지

그럼 그 자리에서 칵테일(같지도 않은 맹탕)을 원샷 하고, 별
그지 발싸개 같아서 너랑은 안 마신다고, 3만 원을 딱 테이
블 위에 올려놓고 일어나는 거지. 내가 택시를 잡으려고 가
게를 나서면 너는 막 휘청휘청 뒤따라 나오는 거야. 왜 휘
청거리냐 하면, 지가 더 긴장해서 맥주를 연달아 네 병을
처드셨거든요. 물론 계산은 아까 내가 준 3만 원으로 했고

요. 그럼 따라 나와서 뭐라고 하느냐.

　야 봉숙아

　택시는 말라 잡을라고

　오빠 술 다 깨면 집에다 태아줄게

참고로 여기서 '오빠가 술 깨고 태워준다'는 차는 '오빠'네 아버지 것이며, 그는 어머니가 빨아준 빤스 아래에 하찮은 물건을 빨딱 세운 체로 이렇게 말할 것이다.

　저기서 술만 깨고 가자

　딱 삼십 분만 셔따 가자

　아줌마 저희 술만 깨고 갈께요

그럼 나는, "아주 지랄 똥을 싸요" 하고는 휘황찬란한 조명의 모텔 네온사인 아래서 흐물거리는 그를 뒤로하고 택시를 날름 잡아탄 뒤, 아까 싸웠던 남자 친구네 집으로 홀랑가버리는 것이다. 사실 그래서 홧김에 그에게 술을 먹자고한 것인데, '그래, 그래도 내 남자 친구가 낫지. 저런 놈 만나면 저런 꼴이나 봐야 하는 거야' 생각하면서 한강 야경

을 바라보며 한남대교를 가로지르는 거지. 그리고 뭐, 편의
점에서 와인이나 한 병 사서 남자 친구 집에 쳐들어가 그
를 덮쳐. 그 뒤는 핫, 핫, 하하하.

'오빠'는 어떻게 되었냐고? 내가 어떻게 알아. 알 바야?

다시 말하지만, 그들에게 섹시함을 느끼지는 않는다. 아무
리 좋게 봐줘도 귀여운 정도일까 아무튼, 그저 마구마구 놀
리고 싶다. 굴려 먹고, 무쳐 먹고, 막 괴롭히고만 싶다.

물론 이런 찌질이에도 급이 있어서, 개중에 최악인 녀석은
아무래도 자신의 찌질함을 매력 포인트로 삼는, 측은지심
에서 오는 연민에 조금 어필했다는 이유로 우쭐해하는 바
로 그런 부류이다. 쌀알보다도 작은 수요에 자신만만해져
서는, 자신의 위치를 (호모 소설 내에서도 절대적 위치를 차지하
는) 알파남의 그것과 견주어 착각하는 것, 정말, 매우, 심히
재수 없다.

너는 찌질할 때 예쁘다.
못났을 때 귀엽다.

아무도 나를 사랑하지 않는다고 생각해서 쭈그러져 있을
때가 제일 사랑스럽다. 그래서 내가 다른 남자를 사귀어도,

다른 남자랑 키스를 하고 와도 찍소리도 못 하고 받아주길 바란다. 내가 평생 자신과는 섹스하지 않을 것을 머리로는 알면서도, 그래도 언젠가 한 번쯤은 자신에게도 기회가 오지 않을까, 그런 안달복달한 마음으로 나를 기다리기를 바란다. 죽으라면 죽는 시늉이라도 하고, 핥으라면 나의 발가락 마디마디마저 핥을, 하지만 절대로 평생 밟지 않을 마지막 보루 같은 것.

사실 어쩌면, 내가 귀여워하는 것은 찌질한 남자 그 자체라기보다는 20대 초반의 그들인지도 모르겠다. 미숙하기 짝이 없고, 그래서 서툴고, 어색하고, 실수하는 그들. 그때는 세련되지 못해서, 능숙하지 못해서 싫었던 그런 것들. 지금 돌이켜보면 일정 영역은 애정에서 기인한 행동이라고 보기에도 민망하고, 어떤 경우에는 폭력에 더 가까울지도 모르겠다. 그래서 조금쯤은 그들에게 복수하는 마음으로 저런 상상을 해보았다. 라일락 잎을 겹쳐 문 듯 풋내 나고 쌉싸래한 맛으로 남아 있지만 참으로 사랑했던 그들.

물론 다시 돌아간다면 절대로 안 만날 거지만 말이야. 하하.

언니들이 "언니가~"라고 하면
그렇게 든든한데
오빠들이 "오빠가~"라고 하면
왜 그렇게 꼴 보기가 싫을까?

바람피워본 적 있어요?
저는 있어요

아마 글로는 처음 하는 이야기
이고, 이 글을 씀으로써 나의 지난 연애, 현재의 연애, 미래
의 연애가 죄다 파탄이 날지도 모르지만, 이제야 고백하건
데… 사실 나는 연애 중에 바람을 피운 적이 있다. (혹시라
도 나의 전 애인 중 한 명이 이 글을 읽고 있다면, 걱정 말기를. 당신이
누구든 간에 당신을 만났을 때만큼은 나는 바람을 피우지 않았다. 아
마도)
미리 말하건대, 나는 바람을 피우는 행위에 대해 변호하고

싶은 마음은 요만큼도 없다. 습관이니 본능이니 욕정이니 그따위 것은 변명거리조차도 안 된다. 내가 한 짓은 언젠가 상대방이 받게 될 상처에 대해 눈곱만큼도 생각하지 않은 천하의 파렴치한 짓이었다. 오로지 나 자신의 감정밖에 생각하지 않은, 정말 이기적인 행위였고 그것에 대해 그 당시의 애인에게만큼은 질책받아 마땅하다. 이렇게 글로 쓰는 것조차도 기만으로 보일지 모르겠으나, 요컨대 바람은 정말 못돼 처먹은 짓이고 못할 짓이다.

이렇게 잘 아는데, 나는 왜 바람을 피웠을까?

내가 그 당시에 사귀고 있던 사람에게 질려서 바람을 피운 거냐고 묻는다면, 그것은 결코 아니다. 만약 애인이 싫어졌다면, 그래서 새로운 사람과 연애를 하고 싶었다면 우선은 그와 헤어진 후에 다른 사람을 만났을 것이다. 한 명이 아닌 여러 사람과 연애를 하고 싶었다면 애초에 폴리아모리 (다자 연애 주의자)임을 밝혔을 것이고, 그렇다고 애인 한 명과 나눈 사랑이 충분하지 않아 그에 대한 보상심리로 바람을 피웠냐고 묻는다면 그것도 분명 아니다. 그렇다면 뭘까. 애인 몰래 비밀스러운 행위를 한다는 엄청난 스릴에 중독

되기라도 한 것일까? 솔직히 처음 한두 번만 조마조마했지, 얼마 지나지 않아 그것도 시시해졌다. 솔직히 정말 별거 없었다. 그래봤자 남자고 그래봤자 연애인걸.

이렇게 말하면 듣는 입장에선 어이가 없겠지만 내 바람에는 정말 아무 이유가 없었다. 그냥, 필 수 있으니까 폈다. 눈앞에 마시멜로가 있어서 집어먹은 어린아이보다도 못한 의지로 나는 바람을 피웠다.

그럼 대체 왜? 그렇게 의미 없는 짓을, 나는 왜 한 것일까?

한참이 지난 지금에야 깨달은 것은, 그 당시의 나는 관심을 받고 싶다는 욕구로만 똘똘 뭉쳐 있었다는 사실이다. 내가 해본 바로, 그리고 느껴본 바로, 바람은 절대 사랑을 하고 싶은 사람이 하는 행위가 아니다. 그것은 그저 일방적으로 사랑을 받고 싶은 사람이 하는 짓이다. 아니, 그런 상태의 사람이 받고 싶어 하는 건 까놓고 말해서 사랑조차도 못 된다. 그저 관심, 관심, 끝도 없는 관심.

그것의 원인은 아마도 열등감이리라. 애인에게 느끼는 열등감이 아니라, 내가 나 스스로에게 느끼는 열등감. 사랑을 받고 있으면서, 아이러니하게도 나 자신이 사랑받을 만한 사람이라는 확신이 없으니 그 불안을 자꾸만 다른 사람으로 메우려 들었던 것이다. 그렇다고 해서 그 사실을 필사적으로 감춘 것도 아니라, '내가 이래도 나를 사랑할래? 그럴수 있겠어?' 하면서 끊임없이 애인을 시험에 들게 했다. 설사 애인이 내가 바람을 피운다는 사실을 모른다 해도 이런 무가치한 나에게 그가 사랑을 쏟는 것 자체를 폄하하고자 했던 의도도 숨어 있었을 것이다. 그리고 그것은 마치 밑 빠진 독에 물 붓기보다 더한 수렁이라, 애인의 사랑이 아무리 차고 넘쳐도 금방 갈증을 느끼고 다른 사람으로, 또 다른 사람으로 채우려고만 했었다.

(그러니 혹시라도 이 글을 읽는 사람 중 상대가 바람을 피워서 헤어진 사람이 있다면, 바람피운 상대가 무슨 말을 했든 간에 절대로 스스로를 탓하지 말기를 바란다. 그건 열등감 덩어리가 내뱉는 조또 개소리다)

물론 그런 생각을 했던 적도 있다. 만약 내 그릇에 구멍이 나 있는 거라면, 바다 같은 사람이 날 품어주면 되지 않느냐고. 하지만 그건 품는 게 아니다. 끝도 없이 가라앉는 거지. 마치 난파선처럼 말이야.

결국, 그런 자신의 구멍을 메울 수 있는 사람은 자기 자신밖에 없다. 그걸 하지 못한다면 그 끝에 남아 있는 건 이

별? 아니, 겨우 그런 걸로 해결되는 문제가 아니다. 어차피 이런 마음이라면 그 누구와 만나도 같은 문제가 반복될 테니까. 선택은 자기 몫이다. 자신이 만든 블랙홀에 잠식해 죽어버리던가, 그 구멍을 스스로 메우고 제대로 된 사랑을 할 준비를 하던가.

이쯤에서 누군가 내게 와서, 『동백꽃』의 점순이마냥 새침하게 "그럼 너 이담부턴 안 그럴 테냐?" 하고 묻는다면, 글쎄… 나도 사람이라 100% 장담은 못하겠다. 하지만 확실한 것은, 적어도 지금의 나는 바람을 피우지 않을 것이란 사실이다. 아직 완벽하지는 않지만 나는 내 마음의 구멍을 인식하고 있고, 그것을 메우려고 정말 부단히도 노력하고 있으니까.

그 끝도 없는 갈증을, 나는 다시는 맛보고 싶지 않으니까.

그러니 어느 뮤지컬 가사처럼, 당신만 바라보리라 ♬

위선도 선이고, 악법도 법이라면,
짝사랑도 사랑 아닌가요?

짝사랑: (명사) 한쪽 편만 상대방을 사랑하는 일

어느 겨울날, 누군가의 짝사랑이 옮았다.

그게 누구였는지는 정확히 기억나지 않는데, 사실 별로 중
요하지 않다.

하여간 하루 종일 그 사람 생각을 했다. 그 사람의 SNS를
하루에도 열두 번씩 기웃거리며 새로운 사진이 있는지 살
폈고, 그의 관심을 끌려고 일부러 SNS에 글을 써가며 반응

을 기다렸다. 그러다 그가 '좋아요'라도 누르면 날아갈 듯이 기뻤고, 댓글이라도 다는 날에는 그대로 뒤로 쓰러질 것만 같았다. 그 와중에 어쩌다 그의 포스팅에 다정하게 이야기를 나누는 사람을 보면(특히 여자) 괜스레 질투가 났다. 들어가서 프로필을 확인해볼까 말까, 괜히 손가락을 그의 아이디에 올렸다가 거뒀다가 결국 창을 닫아버리는 일을 몇 번이고 반복했다. 솔직히 '이런 시대'라서 가능한 이것을 사랑이라고 불러야 할지, 스토킹이라고 불러야 할지는 모르겠지만 어쨌거나 나는 그런 식으로 그를 좋아했다. 아니, 생각해보니 정작 그에게 직접적으로 관심을 표한 적은 없으니 스토킹에 더 가까울지도 모르겠다.

생각해보면, 나의 짝사랑은 늘 그런 식이었다. 직접 관심을 표하기보다는, 괜히 그의 주위를 빙빙 맴돌며 그가 나의 관심을 알아채주길 바랐다. 내가 먼저 다가가는 것은 늘 겁이 났다. 사실 거절 그 자체에 대한 공포라기보다는, 정말로 사랑이 이루어졌을 때에 대한 공포가 더 컸다. 무슨 소리인가 하면, 온갖 연애 프로그램과 연애 '전문가'들에게서 지겹도록 들어왔던 바로 그 이야기, "연애에서는 더 좋아하는 사람이 지는 거야"라는 말 때문이었다. 더

군다나 여자가 더 좋아하면 진짜 큰일 나는 거라고, 자칭 연애 선배들이 그렇게 겁을 줬으니…. 그러다 보니 혹여라도 그가 내 맘을 알아챌까 봐, 누구보다 먼저 그의 SNS 소식을 접하면서도 괜히 한참 후에야 모르는 척 '좋아요'를 누르거나 뭐라고 쓸까 수도 없이 고민하는 바람에 얌전하다 못해 재미없어진 댓글을 달곤 했다. 혹시라도 이런 내 맘을 들킬까 봐 전전긍긍하면서도, 은근히 그가 알아채줬으면 좋겠다는 두 가지 마음이 늘 공존했다. 이걸 양가감정이라고 한다나?

전하지 못한 마음은 가끔 더욱 음침한 결과를 낳기도 했는데, 그중 하나가 바로 타로카드 어플을 통해 그의 마음을 점쳐보는 것이었다. 그래봤자 저기 어디 사무실의 개발자가 침침한 형광등 아래서 레드불을 들이켜가며 짠 알고리즘에 불과할 텐데, 그게 뭐 얼마나 그렇게 신빙성이 있다고 그때는 점괘 하나에 내 심장이 덜커덩덜커덩했더랬다. 꽃잎 뜯어가며 좋아한다, 좋아하지 않는다, 속삭이며 점을 치는 건 귀엽기라도 하지, 이건 뭐. 차라리 그에게 가서 말이라도 한마디 더 붙일 것이지, 애꿎은 타로카드 어플에 대고 "그가 나에게 관심이 있을까요?", "조금 더 진득하게 기다리면 될까요?", 아니면 "내 마음이 먼저 식을까요?" 따위를 묻는, 스산하다 못해 음흉하기까지 한 짓거리를 몇 번이고 반복하곤 했다.

그렇게 한 3개월쯤 혼자 북 치고 장구 치고 들었다 났다 하다 보면 소위 말하는 '현자 타임'이 와서 마음이 자연스럽게 정리되기도 했다. 아니, 그것보다는 「여우와 신 포도」 우화 속 여우처럼 상대를 신 포도라고 생각하며 정신 승리를 하는 쪽에 가까웠지만, 하여간 그 정도면 나만 아는 은은한 쪽팔림 정도로 멈출 수 있었다.

하지만 어떤 날은 확, 급발진을 하는 일도 있었다.

애초에 나는 성질머리가 급한 인간이었다. 뭘 천천히 알아가고 썸을 타? 좋으면 사귀는 거고, 아니면 마는 거지. 원래 연애는 호르몬 아니야? 그런 자기합리화를 끝내면 기다렸다는 듯 그동안 억눌렀던 호기심, 흥미, 욕정, 뭐 그런 것들이 엉망으로 뒤엉켜 주체를 못할 만큼 뿜어져 올라왔다. 이쯤이면 이미 스스로도 막을 수 없었다. 그럼 터져 나오듯이 고백을 했다. 저기요, 나 그쪽 좋아해요. (써놓고 보니, 정확히는 들이받았다는 표현이 더 옳을지도 모르겠다)

그럼 당연히 상대는 당황했다. 저를요? 왜요? 갑자기요?

여기서요? 그 자리에서 정중하게 거절을 하는 경우도 있었고, 우선 생각해볼 시간을 달라고 하는 경우도 있었지만, 어쨌거나 그런 식의 고백은 대부분 실패로 끝나곤 했다. 어찌 보면 당연한 수순이었다. 아무리 내가 그의 언저리에서 맴돌았다 해도 그의 입장에서는 그걸 관심이라 생각하지 않았을 수도 있는 것이고, 그가 어떤 상황인지, 어떤 마음인지 아랑곳없이 치고 들어갔으니까. 나 혼자 그를 향한 마음을 (음흉하게) 키워갔을 뿐, 그에게는 나를 알아갈 이유나 기회를 주지 않았으니까. 그저 그가 나의 진심을 알아주기를 막연하게 바랄 뿐.

그러고 보니 어느 책에선가 그런 말을 했었다. 상대가 나의 진심을 알아주길 바란다고 말하는 것은, 결국 상대가 내 마음을 헤아려주지 못했을 때를 대비한 핑곗거리에 불과하다고. 말하지 않아도 알 수 있고, 마음이 통하는 '소울메이트'를 기대하는 것은 결국 예측 가능한 상대를 원하는 것과 진배없다고 말이다.

결국 나 역시, 그의 마음을 나의 관리 하에 두고 싶어 했던 건지도 모르겠다. 그가 나를 좋아하도록 '만들고' 싶었다. 내 통제 하에 그가 나를 사랑하기를 바랐다. 그래서 우연인 척 그의 곁을 은근히 맴돌면서 철저한 계산 아래 그가 알아챌 만한 단서를 흘리고, 그의 마음을 미리 알 수 있기라도 한 양 타로카드로 점을 쳐가며 그의 마음을 읽으려 했다. 그야말로, 짝사랑이라는 이름을 붙이기도 민망한 생쇼. 그건 사랑이 아니었다. 일종의 통제욕구였을 뿐.

물론 그걸 알았다고 해서 그런 '짝사랑'을 그만둔 건 아니고. 여전히 호감이 가는 사람이 생기면 제일 먼저 그의 이름을 SNS에 검색해보곤 한다. 그치만 뭐, 이건 어쩔 수 없잖아요. 우리 시대에 그건 신원 조회 정도의 역할이니까.

그렇지만 이런저런 꺼림칙한 방법은 관뒀다. 어차피 은근히 해봤자 아무도 모르더라고.

대신 그냥 대놓고 묻는다.

"나랑 저녁 먹을래요?"

좋아하는 거 티 좀 나면 어때. 좋아하는데.

그냥 좋아하면 되지. 뭘 떠보고, 뭘 고민해. 결국 내가 할 수 있는 건 내 몫만큼만 상대를 좋아하는 것뿐이잖아. 그렇다고 해서 모든 권한을 상대에게 넘기겠다거나, 얌전히 그의 판결(?)을 기다리겠다는 소리는 아니다. 다만 후회 없이 표현하겠다는 것이고, 그런 나를 좋아할지 안 할지는 그의 몫이라는 뜻일 뿐. 먼저 좋아한다고 해서 지는 것도 아니고, 손해 보는 것도 아니잖아. 더 좋아해서 버릇 나빠질 녀석이었다면 진즉에 그런 싹수를 보일 것이오, 그리고 뭐 까짓 거, 져주고 버릇 좀 나빠지면 어떤가. 그런 녀석을 한 번쯤 마음으로 품어보는 것도 보지대장부 인생의 유희인 것 아니겠어! 크하하.

P.S.

그 겨울의 짝사랑은 어떻게 되었냐고?
짝사랑은 망하지 않았지만, 사랑이 되어 망했다네요.

연애와 사랑은 별개.

연애 없이 사랑할 수 있고,
사랑 없이 연애할 수 있지만,
연애 없는 사랑은 불리하고
사랑 없는 연애는 불행하다.

헤어진 애인과
다시 만나도 되는 걸까

그러니까 이 이야기는, 엄밀히 말해 떡 줄 사람은 생각도 않는데 나 혼자 김칫국만 푸지게 퍼마신, 그런 이야기이다.

(정말 진부하지만) 나는 전형적인 오는 사람 막지 않고, 가는 사람 잡지 않는 연애를 해왔다. 솔직히 툭 까놓고 말해서 그냥 오는 사람 막지 않을 만큼 외로웠을 뿐이고, 가는 사람 붙잡지 않을 만큼 사랑하지 않았던 것뿐이다. 어차피 적당한 호감으로 만난 사이에 굳이 화를 내고 싸우고, 조율해

가며 관계를 유지하는 것이 귀찮아 차라리 헤어지는 쪽을 택한 경우도 있었고, 그런 내 무심함에 지친 애인이 투정처럼 헤어지자고 말하면 그날부터 모든 연락을 끊어버리기도 했다. 상심한 애인, 아니 전 애인이 술에 취해 전화를 걸면 짜증을 내며 끊어버렸고, 애원하는 문자에는 반나절 후에나 답을 하거나 아예 씹어버리곤 했다.

그런데 그 와중에 딱 한 명, 내가 붙잡고, 그가 붙잡고, 서로 붙잡다 끝내 놔버린 사람이 있었다.

그리고 얼마 전 새벽에… 나는 그에게 전화를 걸었다. 그것도 술을 마시고!

…

사실 생각해보면, 술기운에 전화를 했다고 할 만큼 취한 상태도 아니었다. 나는 꽤나 술이 세거든. 심지어 그날은 같이 술 마시던 친구가 엉망진창으로 취하는 바람에 몸소 집까지 데려다줬고, 아침에 일어나면 마시라고 머리맡에 음료수도 챙겨주고, 나는 아이스크림을 하나 입에 물고 두 발로 걸어서 집까지 왔단 말씀이야. 그러니까 요컨대, 그만큼 제정신이었다는 거지.

근데 말이야, 그날 밤은 딱 여름으로 넘어가기 직전의 봄밤
이라, 가로등 불빛을 받은 나무에 벚꽃은 다 졌지만 푸른
잎이 오밀조밀 돋아나 있었고, 그 나뭇가지를 살랑살랑 흔
드는 짙은 봄바람 덕분에 목덜미는 살짝 서늘했거든. 근데
귀에는 그 밤에 어울리는 간질간질한 멜로디가 떠다니고,
공기도 미묘하게 달달한 게, 딱 전 애인에게 전화 한 번 걸
어보라고 온 우주가 외치는 것만 같았어. (그날 밤 전 애인한
테 전화한 사람 솔직히 나뿐만이 아닐 거야) 그리고 생각나는 건
그 사람 한 명뿐이었다. 그래, 쪽 좀 팔리고 말지 뭐. 나는
휴대전화를 꺼내 들었다.

"여보세요?"
헉. 신호가 두 번도 채 울리기도 전에 그가 전화를 받았다.
그의 목소리였다. 내가 지금까지 만나본, 아니 인생을 살면
서 들어본 목소리 중 가장 근사한 목소리. 그 목소리에 정
신이 번쩍 들었지만 그가 이미 전화를 받았으니 엎질러진
물이었다.
"누구세요?"
젠장. 잘못 걸었나? 아닌데, 이 목소리를 가진 사람이 세상
에 또 있을 리가 없는데. 아, 혹시 저쪽에서 내 전화번호를

지웠나? 에이씨. 그냥 잘못 건 척할걸. 지금이라도 끊을까?
순간적으로 수십 수만 가지 변명이 머릿속에 스쳤지만 나
는 결국 솔직하게 대답하는 쪽을 택했다.

"나야."

"… 아."

"내 번호 지웠어?"

"알잖아. 나 연락 안 하는 번호는 다 지우는 거."

맞아. 당신은 원래 그런 사람이었지.

"그리고 그대로 번호 남겨두면 실수할 것 같아서…."

그 실수, 지금 제가 하고 있는데요.

그가 말꼬리를 흐리자, 나는 왠지 장난기가 발동했다.

"근데 내가 누군 줄 알고 이 시간에 전화를 했는데 받아?"

"전화 올 수도 있지…."

"안 잤어?"

"나 원래 이 시간에 작업해. 어쩌다 전화했어?"

"오빠 목소리 듣고 싶어서."

잠깐의 침묵.

"왜? 싫어?"

"아니 그건 아니고…. 이렇게 우리가 통화하는 게 거의 뭐,
3년 만인가?"

그 말을 들으니, 갑자기 얼굴이 화끈 달아올랐다. 생각해보니 그와 헤어진 것이 5년 전. 그리고 그의 말처럼, 그와 마지막으로 연락을 한 것이 못해도 3년 전이었다는 사실을 깨달은 것이다. 그럼 그와의 마지막 섹스도… 불끈, 아니화끈, 나는 짐짓 아무렇지 않은 척 대답했다.

"벌써 그렇게 됐나? 그러고 보니까, 나 저번에 서점 갔는데 오빠가 쓴 책 있더라?"

새빨간 거짓말. 아주 오래전부터 그의 인스타그램 계정을 염탐하고 있었기에 알고 있는 사실이었다.

"아, 그거 보고 반가워서 전화했구나? 그래, 그럼 그럴 수 있지."

정말 믿는 건지 뭔지, 그는 스스럼없이 그렇게 대답하며 나의 안부를 물었다.

3년 전 그날도 이랬다.

그때도 나는 딱 이만큼 술이 올라 있었고, 그가 자취를 하고 있던 서울대입구역 근처에서 무작정 그에게 전화를 했다. 그는 갑자기 걸려온 전화에 놀란 듯했지만, 몇십 분 후 우리는 지금은 없어진 어느 맥줏집에서 만났고, 맥주를 몇 잔 들이켜면서 서로의 근황 따위를 물으며 이런저런 얘기를 나

넜다. 막차가 끊기고 가게도 문을 닫을 무렵, 그는 내가 택시를 타는 걸 보고 가겠다며 큰 길가로 나와서 손을 휘저었다. 그런 그를 보고, 나는 일부러 콜택시가 안 잡히는 척 휴대전화 위에서 손가락을 헛돌렸다. 그리고 이내 그를 바라보며 말했다.

나 지금부터 모텔 갈 건데, 같이 갈래?

뭐, 그다음은 안 봐도 유튜브 아니겠어요.

...

그 후 그와 잠깐 동안은 연락이 이어졌던 것도 같다. 하지만 한 달 정도 후 다시 또 그를 불러냈던 날, 그는 시간이 늦었다면서 오늘은 집에 들어가라고 말했다. 괜히 빈정이 상한 나는 그 근처에 있던 다른 술자리에 갔고, 정작 거기서 만난 다른 사람과 어찌저찌 잘되어 사귀게 되면서 결국 그렇게 그를 잊었다. 아니, 잊었다고 생각했다. 하지만 확실히 아니었던 것 같다. 몇 년이 지난 지금도 이렇게 그에게 전화를 걸고 있으니까.

사실 이번에 그와 통화하기 직전까지만 해도, 어쩌면 그와 다시 한 번 잘해볼 수 있지 않을까, 그런 생각을 했었다.

하지만 그의 목소리를 듣는 순간 알 수 있었다.

그와의 더 이상은, 더 이상 없다는 것을.

'나는 그를 그리워한 게 아니라 그를 사랑했던 그때의 나를 그리워한 것이다' 따위의 뻔한 얘기를 하려는 것이 아니다. (나는 지금의 내가 좋다) 외려 그와 헤어진 지 5년이나 지난 지금에 와서야 말하는데, 나는 정말로 그를 사랑했다. 그와의 연애를 떠올려보면, 소용돌이처럼 몰아쳐 들어온 수많은 남자들과는 그 시작부터가 달랐다. 서로를 향한 관심은 느렸지만 여유로웠고, 순수했지만 열정적이었다. 그저 나를 좋아하니까, 외로우니까, 만날 수 있으니까, 한 마디로 '그냥' 만났던 이들과는 비교조차 할 수 없을 정도였다. 어느 한쪽이 멱살 잡고 끌고 가듯 무작정 시작하는 관계가 아니라, 서로 합이 맞아서, 때가 맞아서, 마음이 맞아서 시작하는 연애가 이런 것이라는 걸 나는 그를 통해 처음 알았다.

스치는 것만으로 짜릿하고, 키스만으로 아찔한 기분이 드는 것도 그 하나뿐이었다. 그와의 섹스는 뭇 남성들과의 그것처럼 오르가슴을 연기할 필요도 없었다. 그냥 있는 그대로, 그것만으로도 너무 좋았으니까. 상대의 육체만을 탐하고 성욕만 채우기에 급급한 게 아니라, 정말 사랑해서 서로를 어루만지는 것. 그런 섹스가 결코 흔하지 않다는 것을 그때는 몰랐다.

그리고 그런 관계는 원한다고 빠질 수 있는 게 아님을, 아이러니하게도 가장 사랑했던 그와 헤어지고, 다시 마주한 지금에야 비로소 깨달았다. 수화기를 통해 들려온 그의 목소리는 여전히 매력적이었지만, 그 목소리를 듣기만 해도 심장이 아플 만큼 두근거리고, 목 언저리가 간질간질하고, 배시시 웃음이 나던 때는 이미 지나가고 없었다. 그리고 애석하게도 그가 아닌 다른 남자에게 그런 걸 느껴본 일은 지금까지도 없다. 그저 순간의 즐거움, 잠깐의 관심. '이번에는 다르지 않을까?' 하고 생각했던 관계들은 모두 불 붙다 만 폭죽의 끄트머리같이 옅은 재만 남기고 떠나갔다.

어쩌면 내가 망친 건지도 모른다. 그때 그에게 헤어지자고 하지 않았더라면, 우리가 다시 만나 섹스를 하지 않았더라면, 내가 다른 남자를 사귀지 않았더라면, 혹은 내가 이런 나의 마음을 더 빨리 알아차렸더라면, 그에게 조금 더 적극적으로 내 마음을 표현했더라면, 그때 그가 좀 더 다가왔더라면….

물론 전부 가정형일 뿐이다. 그 당시 우리가 헤어진 이유는 너무나 명료했고, 그와 이별한 직후 나는 새로운 애인을 사귀었으며, 정작 이런 내 마음과는 달리 그에게 나는 세상 둘도 없는 나쁜 년일지도 모른다. 그래도 이 감정의 끝이 어떻게 되는지 좀 더 지켜봤다면, 또 새로운 문이 열렸을지도 모르는데.

하지만 그 문은 이미 오래전에 닫혔고, 지금의 나는 더 이상 그를 사랑하고 있지 않다. (물론 그의 의견도 들어봐야겠지만) 우리가 사랑에 빠졌던 바로 그 순간과 같은 엄청난 기적이 있지 않은 이상 그와 내가 다시 만나는 일도 없을 것이다.

다만 이제는 그가 아닌, 그때의 감각을 떠올리곤 한다. 사랑에 빠지는 게 어떤 느낌이었는지, 진짜 사랑을 한다는 게 어떤 것이었는지, 상대가 날 사랑하고 나도 그를 사랑하는, 그 마법 같은 순간이 얼마나 특별한 경험인지에 대해 생각한다. 언젠가 그 순간이 다시 내게 찾아왔을 때 절대 놓치고 싶지 않으니까. 그래야만 하니까.

"그래 잘 지내고. 너도 책 나온 거 축하해."
"고마워. 잘 지내."

적어도 아직까지, 내 인생에 있어 사랑이라고 이름을 붙일
수 있는 사람이 있다면 당신뿐이야.
아마 당신은 그 사실을 영원히 모르겠지만.

Q. 길에서 전 애인을 만났다!
당신의 선택은?

① 돌인 척한다.

② 소금을 뿌린다.

③ 문워크로 사라진다.

④ 넥슬라이스로 처단한다.

2장

님아, 그놈을 만나지 마오

나쁜 남자는 바뀌지 않는다,
적어도 당신으로 인해서는

우선, 우리 인정할 건 인정하자.

나쁜 남자, 아니 나쁜 놈과의 연애는 재미있다.

인간이라는 이름의 동물로 태어난 이상 쫓고 쫓기는 것은
본능의 영역이고, 쫓기는 것보다는 쫓는 것이 훨씬 재미있
다. 다만 진짜 동물의 세계와 다른 점이라면, 포식자가 피
식자를 쫓는 것과는 달리 관계에서의 약자가 강자를 쫓아
간다는 것이려나?

생각해보면 그래.

원래 처음부터 다 보여주는 것보다는 아슬아슬 애태우는 게 재밌잖아. 그러니까 밑도 끝도 없이 다 퍼주는 사람보다는 줄 듯 말 듯하는 사람이 흥미롭고, 한결같이 잘해주고 매일매일 사랑한다고 온 세상에 외치는 사람보다는 늘 못되게 굴다가 툭, 사랑한다고 귀에 속삭여주는 게 더 진정성 있게 느껴지잖아.

사실 왜 그런지 그 이유에 대해서 설명하자면 애착 유형이니, 의존 역설이니, 뇌의 안와전두피질의 발달이 어쩌고저쩌고 등등에 대해 다뤄야 마땅하지만, 그런 건 이미 훌륭하신 전문가들께서 써주신 좋은 책들이 많으니 이쯤에서 어물쩍 넘어가보기로 하고.

하여간 그들과의 연애는 마치 롤러코스터 같다고 할까, 하루에도 수백 번 천국과 지옥을 오가는 것 같았다.

그들은 절대 먼저 좋다고 하는 법이 없었다. 아니, 설사 먼저 좋아한다고 말했어도 그 애정이 얼만큼인지 제대로 표현하는 법이 거의 없었다. 애정뿐만 아니라 감정 표현도 거의 하지 않았고, 뭔가 늘 참는 듯, 혹은 개의치 않는 듯 행동하곤 했다. 나는 늘 애정을 확인해야 하는 입장이었지만, 막상 확인받으면 기뻤다. 그들은 자신은 말로 하는 게 서투

르다며 행동으로 보여준다고 말하곤 했는데, 생각해보면 사실 그 행동이라는 건 대부분 섹스였다. 나에게 섹스는, 사랑이 있어야만 할 수 있는 것이었다. 당연히 사랑이 없는 섹스라는 건 세상에 존재하지 않는다고 생각했기에 상대도 그럴 것이라고 생각했다. 그래서 섹스가 사랑의 척도라고, 정확히는 사랑받는 척도라고 생각했던 때였다.

그러다 문득 불쑥불쑥 화가 나고는 했다. 다른 친구들 애인은 그렇게 다정하다는데, 내 애인은 왜 연락도 없지? 만나도 데이트는 하는 둥 마는 둥이고… 아, 나는 왜 이런 연애를 하고 있지? 아니 애초에 이게 연애는 맞나? 그럼 내가 왜 이런 취급을 받고 있지? 그렇게 서글퍼졌다가도, 그가 나를 봐주면 다시 사르르 기분이 풀렸다. 핑계는 늘 다양했다. 일이 바빴다느니, 피곤했다느니, 혼자만의 시간이 필요했다느니, 심지어는 네가 너무 부담스러웠다느니…. 하여간 죽어도 지네 탓은 아니라지. 아니, 자기 탓이라고 하는 경우도 있었다. 자기가 못나서, 부족해서 널 외롭게 만드니까 죄책감이 든다고 말이다. 그래놓고 이쪽에서 정말로 서운함을 내비치거나 쌓인 감정에 대해 이야기하려고 하면, 슬그머니 그 자리를 피했다. 말다툼이 일어날라치면 이별을 빌미로 은근한 협박을 하는 것도 예사였다.

그가 멀어지려 하면 할수록 그와 가까워지기 위해 노력했다. 그러면 그들은 '성숙한 연애'를 강조하며 각자의 시간을 존중하자는 둥, 뭐 그런 말을 지껄이며 선을 그어놓고는 정작 자신은 내 상황이나 기분은 아랑곳없이 내 영역을 툭툭 치고 들어왔다. 당연한 말이지만 그들은 늘 자기 기분이 제일 중요했다. 방금 전까지는 찬바람이 쌩쌩 불다가도 다음 순간에는 너 없이는 못 산다며 울고불고, 그러다 또 다음 순간에는 연락 두절. 답답한 마음에 누군가에게 말을 해봐도 그건 남자의 '동굴'이라며 이해해줘야 한다는 대답만 돌아올 뿐, 결국 늘 애가 타고 환장할 노릇인 건 나뿐이었다.

안타깝게도 사람은 적응의 동물이라고, 나는 이런 감정의 들쭉날쭉함을 사랑이라고 생각했다.

나를 안심시켜줄 사소한 단서를 애타게 기다리며 늘 긴장 상태로 있었다. 그게 습관이 되어 초조함에 벌렁벌렁한 심장박동이 느껴지면 오히려 안심이 되었다. 걱정, 불안, 집착, 그리고 때때로 한 방울의 기쁨. 나는 그런 연애를 즐겼고, 심지어는 그런 극단적인 감정의 변화가 아니면 사랑이 아니라고 여기기까지 했다. 말하자면 이 감정의 롤러코스터를, 진짜 롤러코스터를 탔을 때 느낀다는 바로 그 엔도르핀과 도파민의 환장의 콜라보를 나는 사랑이라고 생각했다. 참고로 이 엔도르핀과 도파민은 뇌에서 분비되는 신경전달물질로 쾌락 호르몬이라고 불리기도 하는데… 이게 뭘 먹으면 가장 많이 분비되게?

바로 마약이다.

참고로 가장 강력한 마약 중 하나라는 모르핀보다, 우리 몸속의 엔도르핀이 800배는 더 강력하다고 알려져 있다. 이래서 나쁜 남자는 마약이라고 하는 건가? 역시, 어른들 말씀 틀린 거 하나 없다니까.

나는 그것에 말 그대로 중독되어갔다. 오히려 안정적이면 불안해졌다. 감정의 스파크가 없다는 사실에 불안해했고, 더 나아가서는 재미가 없다고도 느꼈던 것 같다. 그래서 일부러 상대에게 시비를 걸어보기도 했고, 의도적으로 극단으로 몰아 서로가 불안하게 느낄 만한 상황을 만들기도 했었다. 스스로를 비극의 주인공으로 만들지 않으면 성에 차지 않는다는 듯 행동했다. 혹은, 뭔가 잘못되어가고 있다는 걸 알았기에 더 멈출 수 없을 때도 있었다. 말하자면 일종의 자기파괴 욕구 같은 것이었는데, 내가 이런 연애밖에 할 수 없으니까, 나를 이렇게 취급하는 사람만 만나는 것이 당연하다며 끊임없는 고통의 굴레 속에 스스로를 밀어 넣었다. 결국, 결코 그 누구도 행복할 수는 없는 결말이었다. 끝없고 덧없는 자극만이 존재하는.

그렇다면 이 굴레는 영원히 끊을 수 없는 것일까? 이미 그런 사람을 만났다면? 사랑에 빠져버렸다면? 내가 그만두지 않고서는 영원히 행복할 수 없는 것인가? 조금 희망적인 이야기를 해주자면, 사실 나는 실제로 변한 사람을 본 적이 있다.

그는 다름 아닌 나의 연인이었는데, 솔직히 그가 나를 만나기 전에 어떤 종류의 '나쁜 남자'였는지를 모르기 때문에 확언할 수는 없지만 어쨌거나 남자 친구 본인의 입과 주변인들의 말을 모아봤을 때 그는 꽤나 바람둥이였던 듯했다. 하지만 나를 만나는 동안, 그는 정말로 나에게만 충실했다. 충실했다 함은 다른 이에게 한눈을 팔지 않는 것뿐만 아니라 정기적이고 정성스러운 연락과 꾸준하고 솔직한 애정 표현, 그리고 부담스러울 만큼 나를 챙기는 것 등을 말한다. 마치 그의 모든 스케줄이 나를 중심으로 이루어진 양, 그는 아침에 일어나면 '좋은 아침'이라는 문자로 하루를 시작했고, 회사에 가서 점심을 먹는 중에도 '점심 맛있게 먹어'라던지 혹은 짧게라도 통화를 했다. 퇴근 후 저녁에는 차로 꽤 떨어진 우리 집까지 차를 몰고 나를 보러 오고, 짧은 만남 뒤에 집에 간 뒤에도 한 시간씩 통화를 하면서 늘 헤어짐을 아쉬워했다. (만약 그 상황에서 그가 다른 이를 만나고 있었다면 솔직히 여러모로 존경스러울 만큼 고된 일정이었다고 생각한다) 하여간 누군가에겐 당연한 일일지도 모르겠지만 나는 당최 그런 남자를 만나 본 일이 없는 데다 그는 자칭 타칭 '난봉꾼'이었던지라 그 변화가 꽤 놀라웠던 기억이 있다. 하지만 지금 와서 생각해보면, 나는 그저 그의 안에 내재되어 있던 '수발놈(혹은 머슴)' 기질을 깨웠을 뿐인 건 아닐까 싶기도 하고…. 하여간 내가 겉으로 보이는 이미지와는 달리 그렇게 남자를 막 부리는(?) 스타일은 아닌데도, 그는 나에게 꼭 매여 있고 싶어 했다. 마침 그의 얼굴도 시바견을 꼭 닮아서, 나는 그가 그러는 모습이 꼭 목줄을 주인에게 물어다 주며 낑낑거리는 강아지 같았다. (귀여워) 하지만 사실은 이것은 어디까지나 그가 결심을 했기 때문에 이루어진 일이지, 결코 내가 요구하거나 그를 조종해서 바뀐 것이 아니라는 것이다. 각종 연애 전문가들은 '나쁜 남자'와의 관계를 대화를 통해 풀라고 조언하지만, 나는 가능한 한 그들로부터 도망치는 게 상책이라고 생각한다. 세상은 넓고 남자는 많고, 사람은 쉽게 안 바뀐다. 그들의 회피 성향이 바뀔 가능성은 거의 제로에 수렴한다. 괜히 로또보다도 희박한 확률에 청춘을 베팅하지 말고, 그것보다는 나와 잘 맞는 상대를 찾아 떠나는 게 훨씬 더 빠르고 안전하다. 그럼에도 불구하고 자극을 원한다면 뭐, 다들 성인일 테니 한 번쯤은 마음껏 인생을 망쳐보시든 알아서 하시고. 나도 그랬으니까.

사실 그런 '나쁜 남자' 같은 인간쯤 일찍이 뻥 차버렸으면 좋았을 텐데…. 그때는 또, 그렇게 날을 세운 모양이 상처 입은 고양이 같아서 안쓰러웠다. (아마 나만 이랬던 건 아닐 것이다. 여러분! 그들은 사람입니다! 우리와 같은 사람! 아, 고양이는 귀엽기라도 하지…) 하여간 그런 그가 늘 외로워 보이고 또 외로워 보여서 가만히 둘 수가 없었다. 내가 다정함을 원하는 것처럼 그도 그런 다정함을 원하는 것이라 생각했다. 그런 그의 고독을 이해하는 건 나뿐이니까, 그러니까 그를 떠날 수 없다 자위해가며 스스로 판 함정에 기어 들어갔다. 그의 저 깊은 어둠도, 고독도 내 사랑으로 채워주면 된다고 말이다. 그것들이 내 책임이 아니라는 것을 깨달은 것은 아주 오랜 시간이 흐른 후였다. 정확히는, 그제서야 그것이 내가 어떻게 할 수 있는 게 아니라는 걸 알게 된 것이다.

흔하고 뻔한 말이지만, 내 마음을 다스릴 수 있는 것은 나뿐이라는 말을 한다. 다른 말로 하자면 그들의 마음을 어떻게 할 수 있는 것도 그들 자신뿐이었다는 것이다. 그걸 내가 어떻게 해줄 수 있다고 여기는 것도, 그들이 내 마음처럼, 내 생각대로 행동해줄 거라고 믿는 것도 솔직히 죄다 자만이었다. 그리고 설사 내가 평생에 걸쳐 그들에게 밑도 끝도 없는 하해와 같은 사랑과 은혜를 베풀었다 하더라도, 그들이 바뀔 가능성은 거의 없다. 왜냐하면 그들은 가만히 있어도 그 사랑을 누릴 수 있으니까 굳이 바뀌어야 할 이유를 못 느끼는 거지. 결국에는 그게 뭐야, 나쁜 놈만 좋은 일만 시키는 거지. 지가 필요할 때는 다가왔다가 조금만 수틀리면 바로 멀어질 놈, 그런 인간은 평생 가도 안 바뀐다. 하여간 나는 보통의 사람이라서 사랑을 한다면 준 만큼은 돌려받고 싶고, 친밀감에 대한 욕구도 크다. 자신의 감정에 대해 솔직하게 이야기하고 책임지는 사람이 좋고, 외롭더라도 제대로 말해주는, 그에 대해 이야기를 나눌 수 있는 사람이길 원한다.

애초에 다정한 사람이 좋다. 누군가 다정은 체력에서 나온다고 했는데, 딱 맞는 말이다. 타인에게, 특히나 연인에게 상냥할 체력이 남아 있는 사람이 좋다. 성격에 따라 표현이 적을 수는 있겠지만 제아무리 무뚝뚝한 사람도 좋아하는 사람 앞에서는 엉덩이춤을 추는 것처럼, 늘 곰살갑게 굴 필요까지는 없지만 그래도 마음의 용량이 넉넉한 사람이 좋다. 괜히 나한테까지 날을 세우는 사람은 이제 피곤하다.

나쁜 남자니, 츤데레니, 『운수 좋은 날』의 김첨지 따위는 다 싫다.

더 이상은 김첨지의 설렁탕도 못 먹고 죽은,

이름조차 없는 아내가 되고 싶지 않다.

사랑이 끝난 신호

상대가 밥을 먹는 게
처먹는 걸로 보일 때.

님아,
그 OPPA를 만나지 마오

　　　　　　　　"탤런트 A씨, 15세 연하 미모의
여성과 결혼⋯."

오늘도 당연하다는 듯, 연예면을 도배한 열 몇 살의 나이
차가 나는 연예인 커플에 대한 기사를 보면서 나는 이마를
살짝 찌푸렸다. 저게 일반적으로 흔한 경우가 아니라는 것
쯤은 알고 있지만, 연예계는 또 그런 일들이 낯설지 않은
세계니까. (오죽하면 남자 연예인이 결혼 상대와의 나이 차이가 4살
내외면 사람이 달리 보일 지경이겠어)

물론 연상의 그들에게 우리 대중들이 모르는 어떤 모종의 매력이 있을지도 모른다.

하지만 솔직히 그런 거 전혀 알고 싶지 않다. 물어보고 싶지도 않고 궁금하지도 않다. 더 노골적으로 말하자면, 나이 차이가 그 정도로 나면 모양새가 영 안 좋아서 보기가 싫다. 아무리 관리가 잘된 남자라도 마흔이 넘으면 아저씨일 수밖에 없는데, 그 옆에 열 몇 살은 어린, 스물네다섯 언저리의 신부가 다소곳하게 앉아 있는 꼴이, 말 그대로 좀 징그럽다. 당연한 소리지만 결혼은 개인의 사생활이고, 연예인이 대중에게 일거수일투족 검증당하고 모범(?)을 보여야 하는 이유는 결코 없다. 하지만 그 와중에 그들 커플을 보고 '혹시 나도…?'라고 언감생심 생각할 마흔 언저리의 아저씨들을 생각하면, 어쩔 수 없이 절로 한숨이 나오고 마는 것이다.

물론 나 역시 연상의 남자들을 안 만난 것은 아니다.

오히려 사귀었던 대부분의 남자들이 적게는 서너 살, 많게는 열 몇 살까지 많았기 때문에 나이 차이 많이 나는 커플이 마냥 남의 이야기만은 아니다. 하지만 또 생각해보면, 나는 스무 살 때부터 그저 꾸준히 삼십 살 언저리의 남자를 만났을 뿐 내가 나이를 먹어감에 따라 그 나이 차이가 점점 줄어들고 있을 뿐이었다.

어쨌거나 이제서야, 서른에 가까운 나이가 되어 나의 이십 대를 돌아보니 문득 궁금해지는 것이다. 도대체 어떻게, 이런 어린 애한테 욕정을 품을 수 있었는지. 내가 아무리 키가 크고, 얼굴이 노안이었어도 그렇지(지금은 대충 제 나이로 보인다) 지금 와서 그때 사진을 보면 아주 '응애'가 따로 없는데, 도대체 어떻게 그토록 침을 질질 흘릴 수 있었던 걸까?

딱히 그 대상이 내가 아니라도 그렇다. 요즘 나는 나보다 어린 친구들이라면, 성별에 상관없이 대충 서너 살만 차이가 나도 마냥 애기로만 보인다. 그나마도 나와 같은 1990년 대 생이면 같은 사람으로는 보이는데, 요즘 데뷔하는 2000년 대에 태어난 아이돌들을 보고 있노라면 뭐랄까, 나와 같은 종(種)이라기보다는 배짱이나 방아깨비 같은 것으로 보인 다. (길쭉길쭉하고, 마르고, 잘 뛰어다니니까)

근데 저런 애들한테 성욕을 품는다고?

제정신이야? 미친놈 아니야? 이거 뭐 로리콤*, 아니 완전

---

* 로리콤(ロリコン) : 롤리타 콤플렉스(lolita complex)의 일본어 표기인 로리타 콤푸렉스(ロリ_タコンプレックス)를 줄여서 만든 일본식 조어. 어린 여자아이를 성적 욕구의 대상으로 여기는 성 경향.

페도필리아*잖아? 대체 그 자식들은 나를 어떤 눈으로 본 거야? 으, 징그럽다 징그러워.

그래 뭐 백번 양보해서, 성욕이야 품을 수 있다고 치자. 진화론적으로 동물의 본능이니, 자손 번영의 의미 어쩌고저쩌고 뭐 그런 연유로 말이다. 그런데 뭐 그렇다고 해서 그들이 그런 욕구를 양껏 풀 수 있을 만큼 섹스를 굉장히 잘했냐고 묻는다면 그건 또 아니었다. 물론 잘하냐, 못하냐고 딱 묻는다면… (그동안의 경험이 헛된 건 아닐 테니) 잘하는 쪽에 가깝기는 하다만… 굳이 말하자면 자기만의 방식이 있다고 해야 할까, 어느 정도 시간이 지나면 그 스타일에 익숙해져 시들해진달까. 그렇다고 내가 뭔가 새로운 걸 시도하려고 하면 또 어느새 자기 스타일을 따르기를 바란다고 할까, (다행히 "쑵! 오빠가 다 알아!" 하는 이는 없었다) 하여간 오래도록 재미있는 섹스는 아니었다.

그리고 가장 큰 문제(?)라고 한다면 역시 그것이었다. 나도 결코 알고 싶지는 않았으나, 어쩌다 보니 알게 되었고, 또 그렇다고 말하지 않고 넘어가기에는 너무 큰 사안인, 바로 그것. 그것은 바로,

---

* 페도필리아(pedophilia) : 소아성애증.

발기부전.

사정 직후에 10분만 쉬어도 바로 다음 라운드가 가능했던
20대 구 남친과 비교하면 안 된다. 하룻밤에 두 번, 세 번
씩은 절대, 네버, 기대도 말길. 만약 1박 2일이라면 밤에 한
번 섹스하고, 다음 날 아침 모닝 발기 시에 한 번쯤 더 가능
할 수도 있다만, 이건 어디까지나 베스트 케이스 시나리오
일 뿐. 솔직히 말하자면 그 전날 밤 한 번조차도 제대로 못
할지도 모른다.

발기부전이라 함은 섹스하기 직전에 페니스가 서지 않는
경우라고 생각하기 쉽지만, 그것보다 더 경악스러운 것은
다름 아닌 섹스를 하던 도중에 힘이 빠지는 것이다. 말 그
대로 도중에 탁, 힘이 풀려버린다. 정말이다. 방금 전까지
단단했던 그것이 끊어진 고무줄처럼 탄성을 잃는다.

그럼 남자는 당황한다. 자기가 원래는 이렇지 않다고, 술을
마셔서 그렇다고, 혹은 피곤해서 그렇다고 막 둘러댈 것이
다. 사실 그것 외에도 여러 가지 요인이 있겠지만, 굳이 첨
언하자면 20대 때 세상의 돼지를 모두 먹어 없애겠다는 의
지로 해치운 삼겹살, 곱창, 막창, 양대창과 브론즈라도 한
번 달아보겠다고 PC방에서 밤을 세워가며 먹은 컵라면과

짜파구리, 내일이 없도록 마셔댄 맥주와 소주, 그리고 줄 줄이 피워댄 담배 정도가 있겠다. 생물학적인 이야기를 조금 더 해보자면, 사람은 나이를 먹으면서 복부 지방이 쌓일 수밖에 없는 구조의 몸을 타고났는데 앞서 언급한 몇 가지 요인들은 특히나 그것을 가속화시킨다. 이렇게 쌓인 지방은 내분비계에 작용하고, 발기에 지대한 영향을 끼치는 남성호르몬의 일종인 테스토스테론의 양을 감소시켜 발기부전을 초래하고 만다. 어때, 무시무시하지? (그래서 복부 지방을 줄이기 위해서라도 운동을 꾸준히 해야 한다!)

하여간 그렇게 되면 맥이 풀리는 것은 더 이상 그의 페니스만이 아니게 된다. '이 정도면 괜찮지'라고 자위할 만큼 더 이상 자신이 젊지 않다는 현실 앞에 남자는 절망한다. 마음대로 페니스가 서지 않았다는 사실은 트라우마가 되고, 앞으로 더는 자신의 의지대로 발기가 되지 않으면 어쩌지 하는 마음에 더욱 긴장을 한다. 결과적으로는 그런 불안함과 '오늘밤은 반드시!'라는 부담감에 오히려 더 스트레스를 느끼게 되고, 발기부전에 더욱 악영향을 끼치게 되는 것이다.

그런데 솔직히, 발기부전 자체는 그렇게 큰 문제가 아니다. 아니, 정말 문제가 아닌 것은 아니지만 적어도 발기가 되지 않는 것이 일시적이라는 것쯤은 알고 있고, 굳이 페니스가 아니더라도 섹스토이든, 손가락이든, 섹스를 할 방법은 무궁무진하니까. 딱히 섹스를 안 해도 상관없을 때도 있고. 하지만 한껏 의기소침해져 있는 그를 괜찮다면서 북돋는 것도 하루 이틀이지. 정말로 페니스에 모든 자아를 의탁한 건지, 삽입 섹스가 아니어도 사랑을 나눌 방법은 얼마든지 많은데 죽은 자식 불알 만지듯 절망한 채 자기 페니스만 쥐고 있는 꼴을 보고 있노라면 차라리 비뇨기과든 심리상담이든 가보라며 엉덩이를 뻥 차주고 싶어지는 것이다. 뭣보다, 아침에 자신의 것이 발기된 걸 보고 마음이 급해져 비몽사몽인 상대를 깨워 허겁지겁, 제대로 된 애무도 없이 삽입해보지만 사정은커녕 뭐 제대로 해보지도 못하고 화장실로 달려가 나오지 않는 오금을 붙잡고 다리를 달달 떨며 괴로워하는 그 모습을 보고 사랑이 샘솟기란, 참 쉽지 않은 일이다. 연상의 매력이란 모름지기 여유에서 나오는 것인데, 그런 모습은 결코 여유 있어 보이지 않는다.

굳이 발기부전 때문만은 아니라도, 사실 나는 지금까지 정말로 '여유 있는'(경제적, 물리적, 심리적 모두 포함) 연상남을 본 것은 손에 꼽는다. 보통 이러한 연상남의 진짜 매력은 모순적이게도 '어린 여자'에게 관심이 없을 때 그 진가를 발휘하는데, 예를 들면 이런 것이다. 어린 여자 쪽에서 'OPPA가 좋은걸!' 하고 거침없이 다가오면 정작 그는 피식 웃으면서, '내가 너 같은 꼬맹이를 왜 만나니?' 하면서 여유롭게 제 갈 길을 가는 것. 말하자면 상대의 나이가 적다는 사실이 전혀 자신의 흥미를 유발하지 못하고, 오히려 마이너스 요소로 작용한다는 듯 굴 때이다. 젊음 자체는 귀엽지만 섹시하지는 않다고 여기고, 그것보다는 상대의 지식이나 능숙함에 반응하는 것. 물론 나이가 어리다고 해서 그런 매력이 없는 것은 아니나, 상대의 그것을 위협이라고 느끼기보다는 솔직하게 멋지다고 말하는 것. 그게 가능한 이유는 스스로에게 자신이 있기 때문으로, 우리는 그런 것을 여유라고 부른다.

하지만 대부분의 남성, 특히 연상의 남성은 이런 '여유'는 커녕 자신의 나약한 자아를 들킬까 봐 전전긍긍하는 경우가 대부분이었다. 그래서인지는 몰라도 내 나이를 모를 때만 해도 적절하게 예의 있는 모습을 갖추다가, 내가 스물두어 살이라는 걸 알자마자 은근슬쩍 말을 놓거나 순식간에 눈이 벌게지는 남자들을 나는 과거에 종종 봐왔다. 흔히들 말하는 OPPA짓을 하는 그들을 보며, 나는 나이와 인간적인 성장이 반드시 비례하지는 않는다는 사실을 깨달았다.

아니, 오히려 나이가 많으면 많을수록 혹은 나이 차가 많이 나면 날수록 그런 뻔뻔함은 배가 되었다. 심지어 남자 쪽이 사회적 위치가 어느 정도 있는 경우에도 상황은 마찬가지였다.

예를 들면 이런 것이다. 연상 쪽이 서른 언저리인 대부분의 연상연하 커플의 경우 연상 쪽은 직장인, 이십 대인 연하 쪽은 학생일 수밖에 없는데, 물론 직장인이 데이트 비용을 전부 부담하라는 건 아니지만 적어도 학생에게 돈을 내게 하는 건 뭐랄까… 쪽팔린 짓 아닌가? 솔직히 아는 동생을 만나도 상대가 학생이면 네가 돈이 어디 있냐고 밥이고 커피고 술이고 사줄 텐데, 도대체 왜 그 사랑이 자신의 어린 연인에게는 가지 않는 것인지, 나는 그것이 궁금하다. 남녀를 떠나서 대한유교국에서 태어난 사람이라면 모름지기, 연상의 바람직한 역할이란 입은 닫고 지갑은 여는 것이 아닌가? 그런데 왜 연인 관계만 되면 입은 열리고 지갑은 닫히는 걸까? 이것이 바로 K유교인가?

무엇보다 사회 구조상 평균적으로 남자가 더 벌 수밖에 없는 구조임에도, 개념과 사랑 운운하며 자신보다 몇 살은 어린 연인에게 곤곤하고 쩨쩨하게 구는 꼴을 보고 있노라면, 정말이지 더럽고 치사하다는 소리가 절로 나오는 것이다.

어리니까 대접해달라는, 뭐 그따위 천박한 것이 아니다. 다만 손해 보기 싫어서 머릿속으로 계산기 두드리는 꼴이 훤히 보이니, 적어도 대갈통 굴러가는 소리는 들키지 말라는 것뿐이다. 가오 빠지니까.

여전히 시장(?)에 남아 있는 연상남들은, 솔직히 바로 그 계산속이 훤히 보였기 때문에 또래 여성들의 선택을 받지 못한 것이라고 해도 과언이 아니다. 옛 성현들(언니들)이 가라사대, 언니들이 남긴 것은 먹는 게 아니라고 했다. 이것은 언니들의 언니들이 말했고, 또 그 언니들의 언니들의 말이 구전되어 내려왔으며, '괜찮은 남자는 모두 임자가 있다'는 말만큼이나 오래된 진리이다.

하지만 그럼에도 불구하고, 연상남에 대한 환상을 품고 그들을 만나려는 여성들은 여전히 존재한다. 그럴 수 있다. OPPA의 특별한 매력은 나만 알고, OPPA 또래의 '아줌마'들은 그의 매력을 발견하지 못한 것이라고, 얼마든지 생각할 수 있다. 왜냐하면 내가 그랬기 때문이다. (씨발!)

만약 당신이 그런 당신만의 OPPA를 만났다면 남자 쪽은 이미 결혼 적령기일 테니 결혼을 서두르려 할 것이고, 우리는 지금까지 모든 사랑의 결실이 결혼이라고 교육받아 왔으니 정말로 결혼까지 골인하는 경우도 있을 것이다. 나와 결혼을 하자고 하다니, '이 OPPA는 정말 나에게 진심이구나!'라고 생각할지도 모르겠다. 안타깝지만 그냥 적절한 때에 그의 앞에 나타난, 손쉬운 대상이었을 확률이 좀 더 높다. 다시 한 번 말하지만 내가 그럴 뻔했기 때문에 하는 말이다. (씨발!!)

만약 남자가, 나이가 어린 여성만 밝히고 자기 또래의 여성과 어울리지 못한다면 노골적으로 말해 그는 핵폐기물급 쓰레기일 것이다. 경제적, 신체적인 부분은 확실히 말할 수 없다 해도 일단 인성만큼은 쓰레기일 가능성이 농후하다.

보통 자기 또래의 여자를 만나는 남자들은 상대 여성이 자신과 이야기가 통하고 대등한 능력을 가진 여성임을 인지하는 것에 반해 나이 차이가 많이 나는 어린 여성을 선호하는 남자일수록 여자보다 우위에 서고 싶어 할 확률이 높다. 혹은 자신의 서투른 섹스 실력을 감추기 위해 상대적으로 성 경험이 적을 것으로 예상되는 어린 여성을 원하는 것일 수도 있고, 어느 정도 경제적 수준과 더불어 취향이 갖춰진 동년배의 여성보다는 적은 금액으로도 쉽게 감동할 것이라 여겨지는 (노골적으로 말해, '싸게 먹히는') 어린 여성을 기대하는 것일 수도 있다. 혹은 그냥, 동년배의 여자들은 수준이 안 맞아 더 이상 그를 상대하지 않는 걸 수도 있다. 아, 아무리 좋게 생각하려 해도 나쁜 점밖에 떠오르지 않는다. (만약 상대의 전 여자 친구들의 나이대가 대부분 그의 또래였다면 또 다른 이야기이다. 어찌 되었든 동갑내기의 여성들에게도 어필이 되었던 남자가 어쩌다 보니 나이 차가 많이 나는 여성을 만나 커플이 된 것뿐이니까)

더 나아가, 만약 남성의 나이가 우리가 흔히 결혼 적령기의 마지노선이라고 일컫는 서른다섯 살 이상이고, 결혼에 대한 열망이 있음에도 결혼을 '못' 했다면 그는 결혼 시장에서 탈락할 수밖에 없는 어마어마한 이유가 있다는 뜻이라고도 할 수 있다. (분명히 말하건대, 결혼을 의도적으로 '안' 한 비혼은 이 경우에 해당하지 않는다. 비혼 권장! 비혼 파이팅!) 그 이유에는 여러 가지가 있겠지만 성격이 정말 꼬였거나, 페니스가 정말 어마무시하게 작거나, 그 나이를 먹도록 변변한 커리어가 없거나, 경제적으로 정말 궁핍하거나(혹은 빚이 있거나), 집안이 정말 가부장적이거나, 최악의 경우에는 위의 예가 전부 다 해당되거나 하는 경우다. 겉으로 보기에는 멀쩡해도, 혹은 연애 기간 동안에는 정말 잘 숨기다가 결혼 직전에 이런 것들이 발각되어 결혼이 엎어지는 경우도 심심찮게 봤다.

그러니 제발, 이 하찮은 UNNIE의 말을 듣고, 부디 코 꿰이지 말고 일찍이 도망치길. 부탁입니다.

요즘에는 나도 그런 상상을 한다.

내가 그 아저씨들을 만났을 때와는 정반대로, 나보다 조금, 혹은 조금 많이 어린 남자를 만나는 것.

내가 20대 초반에는 몰랐던 좋은 곳을 데려가고, 맛있는 음식을 먹이고, 예쁜 선물을 안겨주면서 곱게 사랑해주는 것이다. 가성비니, 더치페이 같은 못된 것일랑 잊어버리고, 연상의 의무란 바로 이런 것이라고 몸소 보여주는 것이다. 어딘가에서 대충 입수했을 상업 포르노 따위에 나오는 보여주기 식 애무라던가, "퍽퍽! 퍽퍽!" 힘으로 밀어붙여 박기만 하는 섹스 따위가 아니라 진짜로 여자를 배려하며 섹스를 한다는 게 어떤 것인지, 너와 내가 모두 즐거운 섹스란 무엇인지 진심으로 알려주고 싶다. 그리고 그의 서투른 섹스가 능숙하게 진화했을 때쯤, 그와 헤어지는 것이다.

'너에게는 미래가 있단다. 나의 가르침을 가지고 더 넓은 세상으로 나아가렴. 나가서 안전하고 즐거운 섹스를 하렴.'

그런 어미 새 같은 심정의 섹스… 아니 연애를 하고 싶다는 생각을 종종 한다.

누구 좋으라고 그 짓을 하냐고? 어허, 보지대장부는 그런 사사로운 것에 연연하지 않고 더 큰 그림을 보는 법이다. 나와 함께했던 그 연하남이 또래의 여성을 만나, 내가 가르친 '좋은' 섹스를 그 여성에게 선사할 것을 생각하면 그냥 막, 마음이 따뜻해진다. 국밥이라도 먹은 것처럼 속이 든든하다.

가끔은 내가 연상의 남자들로부터 겪었던 가스라이팅*을 대물림하고 싶다는, 아주 조금의 나쁜 생각이 차오를 때도 있다만, 여자 배포가 그리 째째해서야 쓰나. 그 와중에 젊은 남자가 뭐 하러 나이 많은 여자를 만나냐고 반문하는 멍청이들도 있겠지만 글쎄, 젊은 여자였던 나도 뭐하러 늙은 남자를 만났는데 그 반대라고 없을까?

개인적으로 내가 '대접'하는 연애를 하는 것은, 서른두 살쯤으로 정해놨다. 딱히 이유는 없다. 그냥 내 체력이랑 어린 친구의 체력이 얼추 맞는 나이를 생각해보니 그런 건데, 음, 요즘 내 몸 상태를 보니까 과연 그때까지 내 체력이 남아 있을까 모르겠네.

---

* 가스라이팅(gaslighting) : 타인의 심리나 상황을 교묘하게 조작해 그 사람이 스스로 의심하게 만듦으로써 타인에 대한 지배력을 강화하는 행위.

에라이, 그냥 웬만하면 우리 모두 궁합도 안 본다는 플러스 마이너스 4살까지만 만납시다.

땅땅땅.

**나쁜 남자에게 빠졌을 때
지켜야 할 것 3가지**

1. 철저한 피임
2. 돈 빌려주지 않기
3. 결혼하지 않기

"삐빅, 이 쓰레기는 재활용이 안 됩니다"

여보세요? 어 그래, 오랜만이다.
웬일이야? 응? 왜 그래. 무슨 일 있어?
아니, 괜찮아. 괜찮아, 연애 얘기. 언니 좋다는 게 뭐야. 그래. 괜찮아. 말해봐.
응, 네가 남자를 만났는데. 여자 친구가 있어, 응. 근데, 그 남자가, 너만 오케이한다면 너한테 온다고 했다고? 너만 허락한다면 다 버리고? 이거 뭐냐고? 어떻게 해야 하냐고?
뭐긴 뭐야, 걔는 개쓰레기 새끼고 너는 정신 차려야지.

아니, 잘 들어봐. 애인이 있어도 말이야, 다른 사람 좋아할 수 있어. 그건 이상한 게 아니야. 나쁜 것도 아니야. 그러니까 사람인 거고… 뭐 마음이 마음처럼 되면, 그게 마음이야? 나는 그거 때문에 그러는 게 아니야. 그 새끼가 쓰레기인 이유는 있잖아, 딴 게 아니라 너만 '오케이한다면' 오겠다는 거, 그거 때문이야.

너를, 네 의사를 존중해준 거 아니냐고? 얼핏 보기에야 그렇지.

네가 허락하면 그때 다가가겠다. 그래 이렇게만 똑 떼서 놓고 보면 엄청 정중하게 들리지? 신사적이고, 로맨틱한 것 같지? 근데 그건 싱글일 때나 맞는 말이지. 애인 있는 놈이 하면 처맞는 말이고.

걔 말이야, 지금 너한테 떠넘긴 거야, 파탄 날 자기 관계에 대한 책임을. 그 새끼는 말이야, 진짜 비겁해.

지가 바람나서 다른 여자 만나 환승한 쌍놈 되기는 싫고, 그렇다고 다 정리하고 올 깜냥도 없고, 그러니까 네가 '신호'를 보냈다고 합리화하려는 거야. 지가 먼저 좋아서 너한테 꼬리 친 부분은 쏙 빼고, 그럼 최소한 지는 나쁜 놈은 아닌 게 되잖아? 그렇게 마음의 부채감을 더는 거지. 그게 손 안 대고 코 풀고, 힘 안 주고 똥 싸고 싶은 심보랑 뭐가 다르냐?

야, 나라고 애인 있는 사람 안 꼬셔봤을 것 같아? 그래도 나는 착한 척, 위하는 척은 안 했다. 뒤에서 수작 부리고 꼬리 쳐놓고, 남자가 넘어오면 '아~ 나는 전혀 그럴 맘이 없었는데~ 나 좋다고 하니까~' 하는 그런 찌질한 짓은 안 했어. 대놓고 꼬시고, 욕 처먹고 나쁜 년 했으면 했지.

막말로, 그렇게 네가 "오케이"해서 그 남자랑 사귀잖아? 그럼 너만 남의 남자 친구 뺏은 쌍년 되는 거야. 걔는 지금 그걸 잠자코 뒷짐 지고 있는 수준이 아니라 아예 적극적으로 조장하고 있는 거고. 나중에 봐라? 그 새끼 분명히 네가 먼저 꼬셨다고 할걸? 지는 조금도 손해 보기 싫다 이거지. 그러니까 내가 그 자식이 비겁하다는 거야.

혹시 너 그 남자가 정말 탐이 나? 정말 꼭 한 번은 자봐야겠어? 섹스가 목적이야?

아니 왜, 그럴 수도 있지. 넌 그럼 그 남자 인성 보고 만나려고 했냐? 지 여자 친구 멀쩡히 있으면서 너한테 작업 치는 놈이 제대로 된 정신머리로 보여?

하여튼 만약 정말 그런 거라면, 그래, 한번 해보는 것도 나쁘지는 않아. 아니, 진짜야. 진심으로.

아까도 말했잖아. 왜, 전에 내가 말한 그 남자. 기억나? 그래, 걔. 여자 친구 있는데 내가 먼저 꼬셨어. 앞뒤 안 보고 달려들었고 그 둘이 결국 헤어졌고, 나랑 만났지. 그렇게 한 몇 달 사귀었나, 별로 오래가지는 못했지만 난 후회는 안 해. 그럴 가치가 있었느냐고? 그건 모르겠어. 어쨌든 그때는 그 남자랑 정말 꼭 한 번 만나보고 싶었으니까.

아 뭐, 남의 눈에 눈물 나게 하면 내 눈에서 피눈물 난다는 거? 야, 애초에 그렇게 꼬셔서 넘어올 남자였으면 솔직히 언제든 다른 여자한테라도 넘어갔을걸? 아니 뭐 내가 나한테 마음이 없는 인간 자빠뜨린 것도 아니고. 아니 그건 범죄지 참. 하여튼 그 남자가 정말 나랑 그럴 생각이 없었다면 그 야심한 시간에, 나랑 둘이 만났겠어? 자기 집에서 맥주 한잔 더 하자고 했겠어? 나는 적절한 타이밍을 노렸고, 때가 왔고, 기회를 잡은 거야.

그래, 물론 그 여자 친구한테는 나쁜 짓 한 거 맞지. 내가 몹쓸 년이지.

근데 생각해봐라? 지금 그 남자, 너만 오케이하면 다 버리고 온다고 했지? 그거 다른 말로는, 네가 안 받아들인다면 지금 여자 친구랑 계속 사귀겠다는 거잖아. 그 여자 친구를 여전히 좋아하는지 아닌지야 내 알 바 아니지만, 어쨌든 그 여자 친구 입장에서 보면 마음은 너한테 있는 껍데기랑 사귀는 건데? 썸은 너랑 타고, 섹스는 계속 그 여자 친구랑 하고? 그게 더 웃기지 않아? 그거야말로 진짜 그 여자 친구한테 못할 짓 아닌가?

그리고 말이야, 네가 거절한다고 해서 그 남자… 다시 그 여자 친구한테 돌아갈까? 난 그렇게 생각 안 하는데. 네가 퇴짜 놓으면 다른 여자한테 가서 또 똑같이 행동할 걸. 내 경험상 나한테만 그런다는 남자, 절대 나한테만 안 그래. 왜, 막장 드라마에 자주 나오잖아 그런 거.

원래 내연녀였던 여자가 본처 밀어내고 본처 자리 차지했는데, 그 재혼한 남편이 다시 전처랑 바람피우는 그런 거. 근데 아마 그 남자, 모르긴 몰라도 전처랑 안 만났다면 또 다른 여자랑도 바람피웠을걸? 그런 거야. 원래 그런 건 아닌데 하여튼 그래. 여친 두고 나 좋아한 놈은, 내가 여친이 되면 또 다른 여자 좋아해. 이건 국룰이야. 불문율이고 인생의 진리지.

만약 그 남자가 제대로 된 놈이었으면 말이야, 죽이 되든 밥이 되든 너한테 고백하기 전에 먼저 여자 친구랑 헤어졌을 거야. 정말 널 좋아하고, 널 향한 마음을 더 소중하게 여길 남자였으면 그렇게 우유부단하게 있는 게 지금 여자 친

구한테도 못할 짓이라는 걸 알았을 거라고. 근데 그 새끼는
지금 여자 친구는 여자 친구대로 잡아놓은 상태에서 너한
테 껄떡거리고 있는 거잖아. 깔짝깔짝 간 보다가 네가 넘어
오면 좋은 거고, 아니면 말고. 조금이라도 손해는 안 보겠
다는 거잖아. 넌 그런 식으로 연애를 시작하고 싶어?

그래도, 그 여자 친구 있는 남자가 정말 너무 탐이 난다면,
그러니까 너무 좋아서 미치겠다면 한 번 시원하게 저질러
버려. 안 말려. 뺏어서 네 남자 친구로 만들든, 헤어지게 만
들든, 그냥 섹스라도 한 번 하든 일단 해보는 거야. 내가 쌍
년 미친년 나쁜 년 되어도 상관없다, 그럼 얼마든지 해도
돼. 대신 그게 온전히 네가 원해서 하는 일이어야 해. 네가
좋아서 하는 일이어야 돼. 그것만 생각해.

아 그치. 나도 알아.
왠지 여자 친구 있는 남자는 더 그럴듯해 보이지? 하다못
해 떡도 남의 떡이 더 커 보인다는데, 남자가 안 그렇겠어?
근데, 그거 생각보다 별거 아니다? 여자 친구 버리고 온다
는 거? 지가 무슨 대단한 결심하고 엄청난 희생을 한 것 같
이 말하는데 그거야 개 사정이고, 네 알 바 아니거든. 아 물
론 그렇게 헤어지게 만드는 것만으로도 왠지 모르게 네가

이기는 것 같고, 우월한 것 같고 그런 생각이 들 수도 있어. 나도 알아. 나도 다~ 해봤다. 괜히 네가 그 남자의 그런 '희생'을 감수하고 선택된 여자가 된 것 같은 착각이 들지? 맞아. 그거 착각 맞아. 걔는 애시당초에 널 선택하고 말고 할 자격이 없는 놈이야. 뭣보다 그럴 가치가 없어요. 그냥 딴 여자 만나고 싶어서 아랫도리에 뇌가 지배당한 새끼 그 이상도 이하도 아니거든. 그냥 비겁한 겁쟁이라고. 아니 그리고 '다 버린다'가 뭐니? '버린다'가. 단어 선택부터가 구려. 매~우 구려.

다시 한 번 말하지만, 만약 만날 거면 절대 인성 보고 만나지 말고, 와꾸, 그러니까 외관만 보고 만나. 애초에 그런 말을 씨부리는 놈이 제대로 된 놈일 리가 없으니까. 알았지? 그래, 판단은 네가 하는 거지만. 그래도 나는 네가 그런 찌질이 겁쟁이 새끼랑은 안 엮였으면 좋겠다. 언니는 널 아끼니까.

그래. 잘 자고. 그래, 들어가~.*

---

* 위의 글은 가상의 대화로, 실제 인물, 상황, 대화 내용과는 관련이 없습니다.

내가 너와 헤어진 이유

— 데이트에 입고 나온 레자 재킷 소맷부리 조각이
    바스러져 떨어지고 있는데, 계속 '레더 재킷'이라고 우겨서.

— "내 단골집이야"라며 의기양양하게 데려간 비장의 맛집이
    대기업 프랜차이즈라서.

— "너한테 제일 잘 어울리는 걸로 골랐어"라며 내민 생일 선물이
    그 매장에서 제일 저렴한 제품이라서.

전부 네 얘기야.

폴리아모리?
그게 뭔데?

　　　　　　　　"요즘 C랑 만나고 있어."

너무 스스럼없이 말하는 친구 A의 태도에 나는 마시던 오렌지주스를 그대로 뿜어낼 뻔했다. 내가 놀란 이유는 그녀가 C를 만난다는 사실 때문이 아니었다. 다만, 그녀의 애인인 B가 바로 앞에 앉아 있는데 그녀가 그런 말을 꺼냈기 때문이다. 간신히 정신을 다잡고 나는 B의 눈치를 봤지만, 정작 B는 아무렇지 않은 것 같았다. 아니, 아무렇지 않은 정도가 아니라 외려 A와 C의 연애사에 훈수를 두고 있었다. 뭐야, 둘이 내가 모르는 사이에 헤어지기라도 했어? 다시 친구 관계로 돌아간 거야? 거침없이 흔들리는 나의 동공을 봤는지, A가 웃으면서 말했다.

"우리 둘 다 폴리야. 폴리아모리."

"아, 그래?" 하고 간신히 납득하기야 했지만, 이어지는 이야기를 들으면 들을수록 나는 정신이 아득해지는 것을 느꼈다. 그러니까 A는 C와 만나는데, B와는 사귀고 있고, 그리고 B는 또 다른 사람을 만나고 있고, 그렇게 커뮤니티(?)를 형성하고 있고…. 나도 농담 반 진담 반으로 일처다부제가 필요하다고 말하고 다니기는 했지만, 그걸 실제로 하는 사람들(이 경우에는 다자 연애겠지만)이 있을 줄이야.

"질투는 안 해?"

내가 묻자, A와 B는 동시에 "하지"라고 대답했다.

"감정은 어쩔 수 없지. 대신 모노아모리와는 질투를 표현하는 방식이 다르지. 다른 상대가 내가 못 하는 걸 해줘서 다행이라고 생각한다던가, 다른 방식으로 애정 표현을 한다던가."

"별로인 사람 만날 거면 차라리 만나지 말라고 화도 낼 수 있고."

평생을 모노아모리(라 믿고)로 살아온 나에게는 너무 새로운 이야기라, 나는 고개를 주억대며 그들의 이야기를 경청

했다. 애인이 있어도, 애인을 사랑해도 다른 사람과 연애 관계를 가지고 싶은 것. 나는 단순히 내가 욕심쟁이라서 그런 감정을 가지는 것이라 생각했다. 그런데 폴리아모리의 세계에서는 나와 같은 생각을 하는 것을 욕심이라고 부르지 않는다고 한다. 기본적으로 폴리아모리는 비독점적 다자 연애이기에, 기존 상대방과의 합의가 있다면 다른 파트너를 사귈 수 있다. (단, 이 합의가 없다면 그냥 바람이다) 폴리아모리에게 사랑이란 '1/n'이 아니라, '이 사람을 위한 a가 있고, 또 다른 사람을 위한 b가 있는 것'이라고 한다.

이것까지만 들으면 왠지 나도 할 수 있을 것 같고, 귀가 솔깃한데…. 다시 말하지만 나는 욕심쟁이라서, 정작 상대 파트너의 다른 연애 관계를 허용하지 않을 것 같다. 만약 나의 연인이 내가 아닌 다른 사람을 만나고, 만지고, 사랑한다면, 그 생각만 해도 마음이 갈갈이 찢어지는 것 같다. 너무 화가 날 것 같다. 설사 나를 사랑한다고 해도, 나를 향한 마음이 변하지 않는다 해도, 나는 그 관계를 참지 못할 것 같다. 결국 나는, 남을 독점하고 싶은 것이다. 내가 독점되기 싫을 뿐.

그래서 나의 '비독점'은 성립하지 않는다.

친구 A의 말로는, 폴리아모리는 두 명 이상의 상대를 사랑할 수 있느냐, 없느냐로 정해지는 것이기 때문에 자신이 폴리아모리더라도 상대방은 모노아모리이기를 바랄 수 있다고 한다. 하지만 그건 너무 이기적이잖아. 나는 상대의 온리원(only one)이 되기를 바라지만, 상대는 나의 원 오브 뎀(one of them)이라니, 이건 그냥 스타와 팬의 관계가 아닌지. 동등한 두 사람이 만나 맺는 동등한 관계, 나의 판타지 속 관계에서는 그 균형이 너무도 무참히 깨져버린다.

"여전히 서로를 사랑하는 거지?"
내가 묻자, A와 B는 이번에도 동시에 대답했다.
"물론이지. 안 그러면 왜 만나."
평범하고 일반적이지는 않지만, 또 다른 상대를 사랑하는 연애. 내게 있어 그것은, 나는 그래도 되지만, 상대는 안 되는 일.
그것을 원하는 나는 지독한 이기주의자이기에.
앞으로도 계속, 쭉 모노아모리일 예정이다.

나의
이상형에 대하여

내가 좋아하는 남자

– 치아가 고르고, 낮은 목소리에 3개 국어를 구사하는 남자.

조금 더 구체적인 내가 좋아하는 남자

– 키가 크고, 자기 밥벌이보다 조금 더 괜찮은 수입과 스스
로의 비전을 실현할 능력을 가진 남자. 노래와 요리를 못하
고 단단한 가슴과 준수한 페니스를 가진 남자.

조금 이상한 내가 좋아하는 남자

– 과묵한 또라이 혹은 예의 바른 변태.

내가 좋다는 남자

– 휘둘려지길 좋아하는 어른.

클래식이
좋아진다

나이를 먹을수록 '클래식'에 대한 니즈가 늘어난다.

어렸을 때는 무작정 큰 것, 화려한 것, 하여간 일단 눈에 띄는 것이 좋았다. 조금 무겁거나 다소 가볍거나, 가끔은 가짜일 때도 있는 그것들을 나는 사랑했다. 아니, 사랑한다고 믿었는지도 모른다. 나는 이런 요란뻑적지근한 게 어울린다고 스스로 세뇌했던 것 같다.

사실 지금 와서 생각해보면 그런 싸구려를 열 개, 스무 개

취할 시간에 진짜 하나를 가졌더라면 좋았을 텐데. 하지만 나는 아직 어리니까, 내 형편이나 분수에 맞지 않다고 생각하며 괜히 눈을 돌려왔던 것 같다. 사실 맘속으로는 늘 클래식을 동경해왔으면서. 결국 내 손에 들어온 것은 어쩌다 별 생각 없이 집은 것들, 눈앞에 있으니까 취한 것들뿐. 그것들은 늘 알레르기처럼 커다랗고 푸르딩딩한 멍 자국만 남기고 떠나갔다.

그래서일까, 요즘에는 좀 심심해도 클래식이 좋다.

바른 게 좋다. 깔끔한 게 좋다. 개성이 없는 것은 아니지만 일단은 정직한 것이 좋다. 그렇다고 해서 아주 평범하다기보다는… 그래, 시그니처. 모두가 원하는 일반적인 것 말고 아는 사람만 알 수 있는 진짜 '명품' 같은 것. 무난하지만 사실은 언제나 함께할 수 있는 것. 세찬 물을 퍼부어도 녹슬지 않는 것. 끊어져도 고칠 수 있는 것. 불에 녹아 형태가 변해도 늘 같은 것. 그만큼 순도 높은 것.

요란한 것은 가끔 기분내기용이라면 충분해. 그렇게 실컷 놀다 와도 결국 나를 맞이해줄, 함께할 단 하나. 그런 것을 원해.

아,

이거 액세서리 얘기인 거, 다들 아시죠?

3장

Only Sex is Better than Sex

엄마,

나는 섹스를 하고 있어요

얼마 전, 김밥천국에서 있었던 일이다.

그날은 평일이었고, 해가 길어져 오후 다섯 시인데도 아직 밖이 환했다. 엄마와 나는 아까 낮에 함께 본 별로 재미없는 영화에 대해 이런저런 이야기를 하며 김밥천국에서 이른 저녁을 먹던 참이었다. 김밥을 굳이 세로로 세워 먹고 있던 나를 쳐다보던 엄마는, 누룽지가 눌어붙은 뚝배기 속 매운 낙지볶음밥을 한술 뜨면서 말씀하셨다.

"서영아, 엄마가 낙지볶음밥 앞에 두고 쿨하게 말할게. 임신만 해서 오지 마."

나는 김밥을 우물거리며 엄마의 손을 잡고 말했다.

"엄마, 노 콘돔 노 섹스."

그것은 내가 섹스를 하기 시작한 지 6년 만의 일이었다.

내게는 분명 새삼스러운 말이었지만, 12시 통금과 외박 금지라는 룰이 있는 우리 집치고는 장족의 발전이었다.

지금까지 우리 집에서 '섹스'라는 단어는 그야말로 방 안의 코끼리와 같았다. 모두들 알고 있지만, 입 밖으로 내는 것은 금기인 단어. 이것은 비단 우리 집이 유난히 보수적이라서 그런 것이 아니라, 대한민국의 '딸내미 있는 집'의 보편 정서일 것이다. 스무 살에 처음 섹스를 한 이후, 나는 그 묘한 공기가 쭉 불편했다. 그럼에도 불구하고 애인과 섹스를 하던 와중에도 부모님에게 전화가 오면 최대한 멀쩡한 목소리로 전화를 받았다. 그래야만 했다. 그렇지 않으면 바로 들키고 말 테니까. 내가 섹스를 한다는 사실을.

솔직히, 부모님이 몰랐다고 생각하지는 않는다.

분명 어느 순간부터 내가 '처녀'가 아니며 섹스를 했다는,

아니 하고 있다는 사실을 분명 알고는 계셨을 거라고 생각한다. 하지만 그것을 굳이 말로 꺼내 사실로 만드는 것을 피하고 싶었던 게 아닐까. 말하지 않으면 사라지기라도 하는 듯이.

그야말로 방 안의 코끼리처럼.

그러다가 어느 날부터인가, 그런 거짓말들이 모두 피곤해졌다. 누가 보기라도 할 새라 슬그머니 얼굴을 가리고 모텔에 들어가는 것도, 해치우듯 섹스를 마치고 사랑하는 사람을 마음껏 보듬을 새도 없이 후다닥 이부자리에서 뛰쳐나와야 하는 것도 모두 싫었다. 외박이라도 할라 치면 오래전에 동성 친구들과 찍은 사진을 알리바이 삼아 친구들과 있었다며 거짓말을 했다. 그렇게 애인과 하룻밤을 보내고 집에 돌아온 날이면, 그렇게 마음이 불편할 수가 없었다.

사람을 해치고 온 것도 아니고, 물건을 훔친 것도 아닌데 왜 나는 죄책감에 시달려야 하는 걸까. 당연한 말이지만, 섹스는 죄가 아닌데 말이지. 아니, 어쩌면 죄를 지은 건지도 모른다. 부모님에게 거짓말한 죄. 애인과 단둘이 밀폐된 공간에 누워 있다고 사실대로 말하지 못한 죄. 하지만 애초에 그 거짓말은 누굴 위해 한 거짓말인가? 내 딸은 '그렇

지' 않을 거라고 믿는 엄마? 나를 '순결'하다고 믿는, 그렇
게 믿고 싶은 아빠? 그렇다면 그 거짓말에 대한 대가 역시
부모님의 몫이어야 한다고 생각했다.

그래서 서랍 가장 깊숙한 곳에 넣어두었던 콘돔과 경구피
임약을 책상 위에 꺼내놓았다.

그것은 나의 코끼리였다.
더 이상 거짓말하기 싫었다.

친구들 앞에서 섹스 이야기를 달고 사는 나를, "나는 야한
걸 좋아하지만 너랑은 섹스 안 해"라는 인터뷰로 이름을 알
린 나를, 섹스 담론으로 커리어를 쌓은 나를, 나라는 존재
를 창조한 핵심 인물 두 명에게만큼은 확실하게 얘기하고
싶었다. 엄마, 아빠, 이게 저예요. 이게 두 분의 딸이라고요.
그리고 그렇게, 엄마는 드디어 내가 섹스를 한다는 사실을
인정하셨다.

언젠가 내게도 아이가 생긴다면, 아니 꼭 내 아이가 아니더
라도 나를 믿고 의지하는 존재가 내게 도움을 요청한다면
꼭 좋은 콘돔과 윤활제를 주며 안전하고 깨끗한 장소에서

섹스를 할 수 있도록 할 것이다.

섹스는 자연스러운 것이니까, 거짓말을 할 필요가 없으니까. 내 마음이 편한 것보다 그 아이가 신원이 확실한 상대와 청결한 장소에서 안전한 섹스를 하는 것이 더 중요하니까. 그래야 무슨 일이 생기더라도 곧바로 도울 수 있을 테니까. 특히나 요즘 같은 세상에서는.

자, 이제 다음 순서는 뭘까, 내 서랍 안에 있는 바이브레이터의 존재를 알리는 일일까? 아니, 그 전에 아빠에게 말해야 하지 않을까.

"저기요 아빠, 이미 알고 계시겠지만, 나는 섹스를 하고 있어요."*

* 본 원고는 『대학내일』 815호에 실린 글을 재구성하였습니다.

나의 애인이
플라스틱이었던 건에 관하여

ep. 01

　　　　　　　사실 그곳의 존재는, 오래전부터 알고 있었다.

그것은 내가 스위스에 온 지 얼마 안 되었을 무렵의 일로, 그날은 마침 스위스의 할로윈이라고 할 수 있는 파스낫 축제날 밤이었다. 학교 친구들과 함께 도시 곳곳에서 열리는 이벤트를 구경하기 위해 구시가지를 떠돌아다니던 중, 우연히 들어선 골목길에서 그곳과 딱 맞닥뜨렸다.

짙은 색의 커튼이 드리워진 쇼윈도 안에는 붉은색 융단이 깔려 있었고, 그 위에는 각종 깃털과 비즈로 호화롭게 꾸민 반신의 마네킹이 세워져 있었다. 불이 꺼져 있었음에도 눈에 띌 만큼 화려하게 빛나던 마네킹은, 파스낫 축제 기간을 위해 세워진 다른 상점들의 그것과는 사뭇 달랐다.

우선 엄청난 근육질이었고, 도저히 '옷'이라고 부를 수 있을 만한 면적의 것을 입고 있지 않았다. 가리기 위해 입은 건지 보여주기 위해 입은 건지, 마치 벨트 몇 개를 이어 붙인 속옷 같은 것을 몸에 두른 마네킹의 얼굴에는 두터운 가면이 씌워져 있었고, 손에는 어째서인지 채찍이 들려 있었다. 거기까지 눈이 닿자, 그제야 비로소 쇼윈도의 바닥과 천장을 장식하고 있는 것이 장식용 모빌이 아니라 형형색색의 섹스토이라는 것을 알 수 있었다. 알록달록한 모양의 딜도*, 바이브레이터**, 로터*** 같은 것이 아무렇지도 않게, 아니 오히려 여봐라는 듯 파티 용품처럼 화려하게 유리창 너머를 수놓고 있었다.

---

* 딜도(dildo) : 남근 대용품, 인공 남근.

** 바이브레이터(vibrator) : 진동에 의한 자극을 가하는 자위기구의 일종.

*** 로터(rotor) : 바이브레이터의 하위 호환격인 기구.

지금이야 한국에도 깔끔하고 힙한 느낌의 섹스토이숍이
많이 생겼지만 몇 년 전만 해도 섹스토이숍, 아니, 성인용
품점은 '성·인·용·품'이라는 글자를 새긴 커다란 암막 스
티커로 가려진 창문 뒤에나 존재하는 곳이었다. 그랬기에
스위스의 도시 한복판에 떡하니 자리한 그 섹스토이숍은
당시의 나에게 더욱 큰 충격으로 다가왔다. 역사와 전통을
자랑하는 구시가지 돌담길, 외국인 관광객과 현지인이 뒤
섞여 오고 가는 그곳에 그 가게는 정말 당황스러울 만큼
이질감 없이 녹아들어 있었다.

하여간 당시만 해도 야한 것에 대한 흥미는 만빵이었지만
섹스토이도, 섹스토이숍에 대해서도 그 존재만 알지 실물
을 본 것은 처음이었던 나는 몇 발자국 떨어진 그곳에 홀
린 듯이 서 있었다. 가능하다면 조금 더 다가가 유리창 너
머를 자세히 살펴보고 싶었다. 하지만 함께 축제를 즐기러
나온 친구들은 그렇지 못했다. 그들은 은근하게 눈을 흘기
면서 "저런 데를 정말 가는 사람이 있어?"라며 희희덕거리
기 시작했고, 괜히 부끄러워진 나는 결국 그곳을 뒤로하고
그들과 함께 다시 시끄럽고 복잡한 인파 속에 섞여들 수밖
에 없었다. 그리고 한동안, 그 가게는 나의 기억 저 뒤편에
만 고이 모셔져 있었다.

그곳의 문을 박차고 들어간 것은, 그로부터 1년쯤 뒤의 이야기였다.

당시 사귀던 남자 친구와 롱디를 하게 되면서 나는 건강하게 성욕을 풀 수 있는 방법이 필요해졌다. 바람을 피우자니 괜히 교우 관계만 복잡해질 것 같았고, 그렇다고 '그곳'을 직접 손으로 만지는 것은 왠지 겁이 났다. (성욕을 해결하지 않는다는 선택지 따위는 없었다) 그러다 문득, 아주 오래전에 읽었던 잡지 『코스모폴리탄』의 한 기사가 떠올랐다. (정확한 제목은 기억나지 않지만 대충 이런 식이었던 것 같다)

 "나의 바이브레이터 사용기"

그래! 직접 만질 수 없다면 기구를 쓰면 되잖아?

어째서 논리가 그렇게 튄 것인지는 몰라도, 무식하면 용감하다고 나는 바로 옷을 걸쳐 입고 기숙사를 나섰다. 그 당시 우리 학교 기숙사는 산골마을 깊숙한 곳에 자리하고 있었는데, 구시가지까지는 꼬불꼬불한 산길을 타고 20분 이상 버스를 타고 나가야 했고 그마저도 평일에는 15분에 한 대, 주말에는 30분에 한 대가 오는 극악의 접근성을 자랑했다. 더군다나 스위스는 교통비가 살인적으로 높은 나라로, 무려

왕복 6,500원이나 하는 버스비를 무릅쓰고 한달음에 뛰쳐
나갔으니, 그 당시 어지간히 (성욕에) 미쳐 있었던 것 같다.

하지만 호기롭게 기숙사를 나선 것과는 달리, 섹스토이숍
이 가까워질수록 나의 발걸음은 느리고 무거워졌다.

혹시라도 길거리에서 친구를 만나면 어떻게 하지? 여기서
뭐 하냐고 묻는다면? 뭐라고 대답하지? 내가 그 가게에 들
어가는 걸 보기라도 한다면? 학교에서 이상한 애라고 소문
나는 거 아니야? 어찌저찌 누구한테도 안 들키고 들어간다
해도, 내가 들어가면 점원이 이상하게 보지는 않을까? 아
니 그 전에, 저 안은 어떻게 생긴 거지? 누가 있는 거지? 들
어갔는데 막 어둡고, 퇴폐적이고, 무서운 아저씨나 언니들
이 있어서 나 같은 건 한 입 거리도 안 되게 날름날름 발라
먹히는 거 아니야?

나는 괜스레 겁이 나 바로 앞의 가게에 볼일이 있는 척, 그
앞을 몇 번이고 왔다 갔다 하며 섹스토이숍의 출입문 주위
를 맴돌았다. 흘끗 쳐다본 쇼윈도 속의 마네킹은 여전히 그
때와 같은 근육질이었지만, 이번에는 주요 부위만 가린 짱
짱하고 반질반질한 가죽 속옷을 입고 있었다. 검게 그을린
그는 오후 3시의 햇살을 받아 매끄러움을 뽐내고 있었고,
그 옆에는 고운 빛의 유리 딜도가 투명한 그림자를 드리우

고 있었다.

결국 나는 한참을 서성거린 끝에, 섹스토이숍의 투박한 철문 손잡이를 단단히 그러쥐었다.

그래, 여기서 물러나면 보지대장부가 아니지.

모 아니면 도, 그런 마음으로 눈을 질끈 감고 육중한 문을 밀고 들어서자, 훅— 실내의 공기가 나를 덮쳤다. 희한할 만큼 신선하고 서늘한 기운이 감도는 가게 내부에 들어서자 나도 모르게 눈이 커졌다. 눈알이 제멋대로 굴러다니며 정신없이 가게 안을 훑었다.

그곳은 그냥, 별천지였다.

가게는 쇼윈도 너머로 예상했던 것보다 훨씬 더 컸다. 못해도 교실 하나쯤의 크기는 될 것 같았다. 생각보다 큰 규모에 놀란 것도 잠시, 그다음에는 가게 점원들의 펑키스러움에 놀랐다. 피어싱이 왼쪽 귀에 세 개, 오른쪽 귀에 네 개… 코에 두 개…. 이런, 눈썹에도 있다. 도대체 저게 다 몇 개람? 하지만 웬 동양인 여자애가 커다란 백팩을 매고 당당하게 걸어 들어온 시추에이션에 점원들도 적잖이 놀란 것 같았다.

하지만 이내 프로다운 자세로 점원 한 명이 내게 다가왔고, 도대체 어디부터 둘러봐야 할지 몰라 쭈뼛쭈뼛 서 있는 내게 그는 강한 독일 억양의 영어로 찾는 물건이 있느냐고 물었다. 오, 나의 구세주여! 어라, 그런데 이 점원, 피어싱이 혀에도 하나 더 있다. 난 결국 그의 피어싱 개수 세기를 포기하고 혼자 쓸 수 있는 제품을 찾는다고 대답했다.

점원은 바이브레이터 기능이 있는 딜도를 추천했지만, 그때까지만 해도 인간의 것이 아닌 것을 삽입하는 데에 거부감이 있었던 나에게는 맞지 않을 것 같았다. 그 후로도 그는 (다소 무시무시해 보이는) 제품을 여러 개 보여줬지만 역시 그중에는 영 마음이 동하는 게 없어, 혼자 둘러보고 싶다고 말했더니 이제는 익숙해진 펑키한 얼굴의 점원이 "Take your time"이라고 대답했다.

점원의 등장 덕분에 흥분과 긴장이 다소 가라앉자, 그제서야 가게 안을 제대로 둘러볼 여유가 생긴 나는 천천히 실내를 살폈다. 이름표를 달고 있는 점원이 두 명, 그리고 한쪽에서는 커플로 보이는 여자와 남자 손님 두 명이 섹시한 코스튬을 고르고 있었다. 오케이, 다행히 우리 학교 사람은 없군.

나는 내친김에 천천히 가게 안을 배회하기 시작했다.

한쪽 벽면을 말 그대로 '장식'한 샘플 딜도들을 보고 있자니, 디자인이 정말 각양각색이었다. 개중에는 귀여운 토끼 모양도 있었고, 총천연색에 구슬이 달린 것이나 오히려 심플한 바나나 모양(심지어 색깔도 노란색)으로 휘어진 것도 있었다. 일본 AV에서나 보이던 안마기처럼 생긴 기구도 사이즈별로 있었고, 진짜 페니스 모양인 걸로도 모자라 불알도 달리고, 힘줄까지 불뚝불뚝 솟아 있는 기구도 있었다. 손을 뻗어 살짝 만져보니, 촉감마저 너무 리얼해 깜짝 놀라 황급히 다른 쪽으로 시선을 돌렸다.

그렇게 벽 한쪽은 전부 딜도 콜렉션이었고, 다른 쪽은 섹시 코스튬, 또 다른 쪽은 벗은 몸 일색의 백인 여성을 모델로 한 포르노와 딱 그만큼 헐벗은 남성들의 게이 포르노 DVD가 전시되어 있었다. 저기 붙어 있는 스티커는 혹시 '신작'이라는 뜻일까?

그 옆에는 동그란 구슬 여러 개가 목걸이처럼 달린 것, 그리고 풍성한 동물 꼬리 같은 것이 달린 항문용 섹스토이가 나란히 걸려 있었고, 당시만 해도 용도를 알 수 없었던 가죽 제품도 제법 있었다. 그리고 이어지는 기둥에는 여러 가지 콘돔 패키지가 걸려 있었고 그 반대편에는,

에그형 바이브레이터가 있었다.

내가 그 앞에서 눈을 빛내고 있는 걸 눈치 챘는지 점원이 재빨리 AAA 건전지 두 개를 갖고 오더니 내게 물었다.

"Are you interested in this?" (관심 있어?)

"Yes, i'm (fucking) interested!" (완전!)

'어느 걸 보여줄까?'라는 점원의 물음에 간신히 흥분한 마음을 가라앉히고 살펴보니, 아래쪽에는 딱 봐도 저렴이인 제품 몇 개가 딱 그만큼 저렴해 보이는 플라스틱 케이스에 담겨 속을 훤히 드러낸 채로 자신의 자태를 뽐내고 있었다. 요리 보고 조리 봐도, 영 믿음이 가지 않는 디자인에 나의 눈은 점점 높아졌다. 고급형이라는 위쪽을 보니, 오 마이 갓. 꼭 컴퓨터 마우스처럼 생긴 깜찍한 핑크색 바이브레이터가 그려진 패키지 상자가 있는 게 아닌가. 그 강렬한 핑크 빛에 사로잡혀 "저거!"라며 그것을 가리키자, 점원은 순식간에 제품을 척척 박스에서 꺼내더니 깨알같이 제품 설명을 하기 시작했다. 역시나 독일 억양의 영어로.

"암, 이건 말이지. 이번 달에 새로 들어온 신상인데, 이거 되게 잘나가. 가격도 적당하고, 어머, 이거 건전지가 왜 이렇게 안 들어가, 진동도 7단이나 되고, 게다가 이거 실리콘이 아니라서 봐이브뤠이팅이 장난이 아니야. 필링 뷔리 굿. 방수 처리도 확실하고, 이거 키는 법은 아래 걸 이렇게 누르고 위에 이걸 누르면….”

본체의 아래쪽 버튼에 빨간 불이 들어오고, 위의 버튼에도 빨간 불이 들어오자, 전선 끝에 연결되어 있던 엄지손가락만 한 에그가 엄청난 기세로 진동하기 시작했다.

그 순간 딱 느낌이 왔다.

X카츄! 너로 정했다!

그 떨림 한 번에 난 바로 매대로 달려가, 점원에게 카드를 내밀면서 “Bill, please!”를 외쳤다. 점원 역시 오늘도 한 건 했다는 얼굴로 초고속으로 새 상품을 꺼내 와 계산을 마치고, 방글방글 웃으며 영수증과 카드를 내밀었다.

마지막으로 나는 지갑 속에 굴러다니는 동전도 처리할 겸, 계산대 옆에 한 통 그득 쌓여 있는 가장 싼 콘돔 몇 개를 계산해 그들을 함께 배낭 안에 살포시 쑤셔 넣고 가게를 나왔다.

아마 지금 내 가방 속에 뭐가 들어 있는지, 지나가는 사람들도, 기숙사 사감도, 방금 인사하고 지나간 옆방 친구도 모를 테지.

나의 애인이
플라스틱이었던 건에 관하여

ep. 02

나는 엄지손가락만 한 에그를 기숙사 침대 위에 올려놓고, 그 앞에 경건하게 무릎을 꿇고 앉았다.

서쪽으로 커다란 창이 난 나의 기숙사 방은 아직 지지 않은 해 덕분에 여전히 훤했지만, 딱히 부끄러움은 느껴지지 않았다. 뭐, 대낮에 시내 한복판에 있는 성인용품점도 혼자 다녀왔는걸!

박스에서 고이 꺼내든 그의 색깔은 핫 핑크, 길고 가는 전

선으로 연결된 손잡이의 스위치는 마우스 모양, 소재는 불투명한 플라스틱, 그리고 에그의 주변에는 스테인리스로 보이는 은빛 링이 둘러져 있었다. 방수 제품이라고 쓰여 있었기에 비누를 양껏 풀어 씻고, 또 씻고, 세 번 정도 씻은 뒤 깨끗한 수건 위에 얹어 건조시킨 그것이 햇살을 받아 반짝이고 있었다.

그것을 어떻게 사용해야 할까 한참을 고민하다가, 나를 한달음에 섹스토이숍으로 달려가게 만든(?) 『코스모폴리탄』의 기사를 다시금 떠올렸다. 누가 썼는지, 에디터가 쓴 것인지 외부 기고가가 쓴 것인지 전혀 기억이 나지 않지만 단 한 가지, 돌고래 모양의 하늘색 딜도를 사용했다는 것만은 분명히 기억나는 그녀의 글에 나온 자위기구 사용법은 대강 이러했다.

1. 콘돔을 씌운다.
2. 윤활제를 바른다.
3. 천천히 삽입한다.

윤활제는 안 사 왔으니 패스하고, 삽입도 안 할 거니까 패스하고….

음, 그럼 일단 속옷 위에 해볼까? 아니지, 어디다 비비기 전에 일단 진동의 강도를 시험해봐야겠다. 난 에그 끝에 붙은 와이어를 한 손으로 덜렁덜렁 붙들고, 본체의 스위치를 슬쩍 눌러보았다.

드드드드드—

1단부터 엄청난 진동음. 행여 옆방의 친구가 들을세라 나는 재빨리 스위치를 꺼버렸다. 음, 이불은 덮고 써야겠구먼. 이대로 우물쭈물하다가는 날이 새겠다 싶었던 나는 바로 실행에 옮기기로 결심했다. 재빨리 잠옷 바지를 내리고 하반신에 이불을 뒤집어 썼다.

다리를 약간 벌린 후, 속옷 위에 살짝 갖다 댄 채로 스위치를 켜니 제법 괜찮은 진동이 느껴졌다. 우우우우웅. 이리저리 움직여가며 기분 좋은 지점을 찾으려니, 나와 바이브레이터 사이를 가로막은 천 쪼가리가 영 불편해서 견딜 수가 없었다. 결국 나는 팬티마저 벗어 던졌다.

이제는 정말로 내 몸에 직접 닿을 것이니 콘돔을 씌우기로 했다. 동전 한 닢으로 살 수 있었던 싸구려 콘돔. 알루미늄 포장지를 조심스레 뜯어보니 요상하고 달달한 냄새가 났

다. 어떤 냄새라고 해야 할지. 아 그래, 할아버지 장롱 구석
에 27년 정도는 묵혀뒀던 것 같은 계피 사탕 냄새?

콘돔을 에그에 씌워보니 음, 확실히 많이 헐렁했다. '빠지
지 않을까?' 싶기는 했지만, 꼼꼼하게 닦았으니 위생상 문
제 될 건 없었다. 그래, 바이브레이터와 내 몸에 대한 예의
는 갖춰야지.

그렇게 다리를 약간 벌리고, 아랫도리에 에그를 슬쩍 갖다
댄 다음 스위치를 켜니,

옴마야.

엄청난 떨림이 아래쪽을 타고 올라왔다. 온몸이 떨리는 진
동. 1단이 이 정도인데 그럼, 7단은 얼마나 대단한 거야?
슬쩍 몸에서 뗀 다음 버튼을 눌러 천천히 강도를 올려보았
다. 1단은 진동, 2단은 더 빠른 진동, 3단은 그보다 더 빠른
진동. 4단은 끊김이 있는 진동이었고, 5단은 4단보다 빠른
진동이었다. 6단은 끊김에서 진동, 7단은 불규칙한 빠른 진
동. 와, 이거 물건이다!

처음 맛보는 짜릿함에 기세를 이어 다시 그곳에 갖다 대
고 이리저리 강도를 실험해보니, 1단이 심심하게 느껴졌

다. 나에게는 2단이 가장 적절한 것 같아, 강도를 2로 올려 놓고 이리저리 굴려가며 느낌이 오는 '스팟'을 찾기 시작했 다. 일단 콘돔을 씌운 김에 잡지의 기사에 나온 것처럼 삽 입도 시도해보았지만, 역시 사람의 살이 아닌 플라스틱이 들어오니 이물감이 심했다. 다시 바깥쪽을 집중 공략하기 로 마음먹었다. 요리조리 움직여보고, 데구르르 굴려도 보 고, 꾹 눌러보기도 하면서 열심히 손가락을 놀렸다.

그러던 중 위쪽, 일명 요도(오줌 구멍)가 있는 곳을 집중 공 략하고 있을 때였다.

순간 겹겹이 쌓여 있는 꽃잎 같은 표피 아래에 아주, 아주 민 감한 곳이 밀려오듯 밖으로 빠져 나오는 듯한 느낌이 들었 다. 나는 그것이 클리토리스라는 것을, 그때 처음 깨달았다.

물론 클리토리스라는 것이 내 몸에 존재한다는 것은 알고 있었다. 하지만 나의 첫 섹스는 확실히 쾌락과는 거리가 있 었고, 나의 두 번째 섹스 상대였던 롱디 중인 남자 친구는 내가 첫 여자 친구이자 첫 섹스 상대였기 때문에 '감히' 어 디를 어떻게 해달라고 말할 수 있는 처지가 아니었다. 그와 의 섹스를 통해 즐거움을 느낀 적이 없는 것은 아니나, 그 렇다고 해서 늘 엄청 좋은 것만은 또 아니었다. 그 즐거움이 오르가슴인지도 확실하지 않았고, 어찌 되었든 당시의 나 역시 실전은 처음이라 잘 몰랐다. 무엇보다 어디서 주워들은 지식으로 보지를 이렇게 해달라고, 혹은 저렇게 해보자고 하면 왠지 식겁해서 도망갈 것만 같았다. 하지만 내가 직접 살펴보고 만질 엄두는 또 도저히 나지 않아서, 소극적인 압박 자위* 또는 샤워기 자위**를 통해 뭉뚱그려 기분이 좋다고만 생각했는데…. 그제서야 알 수 있었다.

압박 자위나 샤워기 자위가 그냥 커피였다면, 이거는 프리미엄.

표피를 젖히고 나와 고개를 빼꼼 내민 작은 구슬.

'여길 건드리면 정말 기분 좋을 거야!' 하고 분명히 머릿속 저 멀리서 외치고 있었다. 이걸 소위 본능의 소리라고 하던가? 이런 걸 쾌락이라고 하는 건가? 찌릿하고 짜릿한 감각에 뇌가 통째로 넘실거리고 온몸이 세포가 깨어난 듯 생생했다. 처음 느껴보는 그 감각에 약간 겁까지 났다. 아, 여기서 그만둘까? 이미 기분은 좋은데…. 하지만 나는 결국 본능을 따르기로 했다. 설마 죽기야 하겠어?

---

* 압박 자위 : 푹신한 쿠션 또는 딱딱한 모서리에 성기를 은근히 눌러 압박하여 자위하는 방법.

** 샤워기 자위 : 샤워기의 수압을 이용해 자위하는 방법.

본능의 외침에 따라 그 부분에 에그를 대고 계속 꾸욱 누르자, 그 민감한 곳이 점점 가려워지고, 아랫배가 당기는 것 같은 느낌이 들고, 급하게 소변이 마려운 것 같은 느낌이 들더니….

그분이 오셨다. 오 선생님.

오ー르가슴.

눈앞이 갑자기 하얘지고, 다리가 덜덜 떨리고, 그곳이 찌릿찌릿하게 움찔거리는… 입에서는 저절로 신음이 흘러나왔다. 그건 정말 난생 처음 하는 경험이었다. 도저히 말로는 설명할 수 없는 감각에 나는 입만 뻐끔거리며 온몸을 부르르 떨었다. 그렇다. 난생 처음 느껴본 진짜 오르가슴을 난 에그로 느낀 것이다.

진짜 오르가슴이라는 건 이런 거구나…. 물론 삽입 섹스에서 느낄 수 있는 즐거움과는 달랐다. 하지만 섹스 경험이 몇 번 없어도, 이것만큼은 확신할 수 있었다. 그저 그런 섹스보다는 오십 배 아니, 오백 배는 더 좋다는 것을. 아, 이게 그래서 그렇게 좋다 좋다 했구나…. 자위… 좋은 거구나.

말 그대로 홍수가 쓸고 지나간 것 같은 감각에 나는 만족스럽게 눈을 감았다. 온몸의 관절이 노곤노곤해지면서 갑자기 잠이 쏟아졌다. 그렇게 나는 쏟아지는 햇빛을 받으며 아랫도리를 홀러덩 내놓은 채로 잠에 빠져들었다.

epilogue

그후 에그를 너무 애용한 결과 금방 고장이 났지만⋯ 제법 대범해진 나는 아마존에서 몇 개를 더 시험 삼아 구입하기로 마음먹었고, 곧 실행에 옮겼다. (나중에 확인해보니 성인용품점에서 구입한 나의 첫 에그는 아마존 가격의 5배였다. 썩을) 그 후 나의 바이브레이터는 몇 년에 걸쳐 일체형, 딜도형, 마사지형으로 진화했고, 현재는 현대 기술의 승리이자 성인용품계의 혁신이라는 흡입식 자위기구인 우머나이저로 정착한 상태다.

이제는 자신 있게 말할 수 있다. 사용해본 내가 자신 있게 말한다. 세상의 모든 여자들이여, 바이브레이터 하나 정도는 침대 옆 서랍에 꼭! 구비해두길!

질의 인생이, 인생의 질이 달라진답니다!

Only Sex is Better than Sex.

섹스는 섹스일 뿐이야.

하지만 정말 좋은 섹스는, 섹스 이상이야.

작은 것(이 싫지만 싫다고 말하지 못한 여자)들을 위한 시

ep. 01

얼마 전 친언니가, "너는 남자 볼 때 어디부터 보냐"고 묻길래 나는 일말의 망설임도 없이 "페니스"라고 대답했다. 언니는 "너는 남자 그것만 보냐"면서 질색팔색을 했지만 나는 그 어느 때보다도 확신에 차 있었다.

그 전에 우리, 솔직히 인정할 건 인정하자. 노는 건 여자들끼리 노는 게 훨씬 재미있다. 같이 있으면 즐겁고, 다정하고, 대화도 잘 통하고, 귀엽고, 좋은 향기도 나고, 말랑말랑하고…. 아 아니 내가 무슨 소리를. 하지만 아무리 그들이 귀엽게 보인다 해도 헤테로 섹슈얼* 여성인 이상 여자인 친구와 키스를 하거나 섹스를 하지는 않는다. 결국 남자하고만 할 수 있고, 남자하고만 하는 이런저런 것들 중에서 가장 핵심적인 것은 섹스 아니던가. 그러니 나한테는 애인이 섹시해 보이는 게 제1순위고, 준수한 페니스, 즉 자지만큼 섹시한 게 또 없지.

그래, 섹스 전후의 다정함(필로우 토크), 세심함(애무)도 중요하고, 다 좋다 이거야. 하지만 가끔은… 아니 좀 자주, 그저 엄청 훌륭한 자지를 가진 그와 실컷 섹스하고, 말 그대로 '함뜨'**하고 개운한 기분으로 자고 싶은 날도 있단 말이지. 단언컨대, 그런 섹스는 적절한 크기 이상의 매우 단단한 자지만이 선사할 수 있다.

이런 얘기하면 통계 타령하며 헐레벌떡 바지를 내리고 쫄랑쫄랑 고추를 흔들며 달려오는 사람 있을 것이다. 그래…. 의학상으로는 그럴 수도 있겠지. 2.5cm만 되어도… 대한민국 남성 발기 시 평균 사이즈라는 12.7cm만 되어도(솔직

---

* 헤테로 섹슈얼(heterosexual) : 이성애. 생물학적 또는 사회적으로 서로 다른 성별을 지닌 사람에게 성적 끌림을 느끼는 것을 뜻한다.

** 함뜨 : 신조어. '함께 뜨기'의 줄임말. 이 글에서는 섹스를 뜻하는 은어로 쓰였다.

히 이 정도만 되어도 내가 이런 글 안 쓴다), 혹은 6.9cm만 되어도 말이다. 하지만 그건… 어디까지나 '가능'하다는 것일 뿐, '가능'은 결코 '만족'과 동의어가 아니다.

여기까지 얘기하면, 또 어물어물 작은 고추를 조물딱거리며 테크닉 얘기를 꺼내는 사람이 있을 것이다. 근데… 하드웨어가 구형인데 소프트웨어를 아무리 최신형으로 업데이트해봤자 뭐 하는데?

클리토리스 애무를 자신의 테크닉이라고 자랑스럽게 말하는 남자여, 그런 건 남자가 없어도 반려기구로 얼마든지 누릴 수 있다. (이건 정말 대단히 확실한 행복이다!) 클리토리스 애무가 왜 전희(前戲)겠어. 전희에 왜 앞 전(前) 자가 붙어 있겠어? 본게임 전에 하니까 전희인 거지! 단 10분 내로 빠르게, 확실하게 오르가슴에 오를 수 있는 우머나이저를 두고 굳이 남자랑 섹스하는 이유가 뭔데? 남자하고만 할 수 있는 섹스가 있으니까 그런 것 아니야! 남자들도 남성용 자위기구를 두고 굳이, 굳이 여성과 섹스하고 싶어 하잖아? 여자도 같은 것뿐이야. 결국 내가 하고 싶은 것은 묵직하고 확실한 삽입 섹스인데, 클리토리스나 지분거리고 깔짝깔짝 손가락이나 집어넣는 핑거 섹스를 할 거면 내가 널 왜 만나니? 손가락 자랑하려고? 그래 네 손가락 굵다. 그럴 거면 차라리 그거라도 아랫도리에 붙어 있지 그랬어.

자, 이쯤 되면 문득 자신의 사이즈에 의구심이 드는 남자가
있을 것이다.

그렇다고 해서 음모에 파묻혀 보이지도 않는 엄지발가락
만도 못한 거시기 사진을 DM으로 보내거나, 괜히 애꿎은
당신의 파트너에게 "내 거 커? 크지?"라고 물어 곤란하게
만들지는 말기를 바란다. (사실 애초에 그렇게 물어볼 정도라면,
스스로도 작다는 것을 알고 있으리라 생각한다)

그럼에도 불구하고 확인 사살을 당하고 싶어 하는 남자들
을 위해 친히 알려주노니… 만약 당신이, 상대에게 펠리치
오*를 받을 때,

상대가 펠리치오의 신처럼 느껴진다면
당신의 자지는 작은 것이 맞다.

당신의 것을 입에 머금고도 혀를 자유자재로 놀렸다면 그
것은 그 여자가 딱히 경험이 많거나 테크닉이 뛰어나서가

* 펠리치오(pellicio) : 구강성교.

아니라, 그냥 공간이 많이 남아서다. 그 와중에 당신에게 오럴 섹스를 선사하는 여자가 매우 힘들어 보였다면 그건 당신의 자지가 커서가 아니라, 그 작은 걸 행여라도 놓칠세라 입을 오므려 문 채, 턱 근육이 얼얼하도록 볼을 빨아들이고 고개를 위아래로 움직여가면서 흥분한 척 연기까지 해야 해서 그런 것이다.

그래, 당신이 원해서 당신의 자지가 작은 건 아닐 것이다. 그래서 이런 이야기를 하는 것이 대단히 유감이지만, 억울한 건 이쪽도 마찬가지다. 아니, 더하다. 남자들이 우스갯소리랍시고 여자의 생얼을 보고 속았다고 말하듯이, 우리도 엄청 크게 속은 것이다. 실컷 분위기 다 잡아놓고 막상 바지를 내렸는데 '쑥!'이 아니라 '쏙' 혹은 '빼꼼'이면 얼마나 배신감 드는 줄 알아? 어? 아냐고!

좀 더 구체적인 예로, 약간 M성향*이 있는 여자의 입장에서 전희로 엉덩이를 실컷 찰싹찰싹 맞았다고 치자. 소설 『그레이의 50가지 그림자』에서처럼 더티 토크도 충실하게 했고, 한껏 롤플레잉에 취해 잔뜩 달아올랐을 때 할리퀸 로맨스 남자 주인공처럼 파트너 남자가 목소리를 낮게 깔고

---

* 마조히즘(masochism) : 신체적으로 가해지는 고통에서 성적 쾌감을 얻는 피학 성향. 여기서 M은 마조히즘의 줄임말이다.

묻는 거지.

"자, 이제 어디를 어떻게 해줬으면 좋겠어?"

근데 그 순간… 엎드린 채로 바라본 남자의 자지가 한껏 앙증맞다면? 당연히 흥분이 싹— 식으면서 "그걸로… 대체 뭘 할 수 있는데?" 소리가 절로 나오지 않겠어? (어떻게 이렇게 구체적인 예를 들었는지는 묻지 마라. 울고 싶어지니까)

결국 에이 섹슈얼*이 아닌 이상 연애 관계에 있어 섹스로부터 오는 만족은 필요하고, 헤테로 섹슈얼의 섹스는 내 보지와 네 자지의 만남이다. 테크닉이니, 통계니, 그 어떤 말로 번지르르하게 포장해도 이것만큼은 절대 바뀔 수 없는 사실이다. 결국 네가 만족하는 것만큼이나 내 만족도 중요하고, 그것의 필수 요소는 준수한 사이즈 이상의 자지라는 것.

이렇게 얘기하면 또, 부들부들 떨며 네 보지가 헐거워서라고 욕하는 이들이 있을 것이다. 그런데 누가 그러더라.

아무리 바늘구멍이 작아도 실은 못 조인다고.

* 에이 섹슈얼(asexual) : 무성애. 누구에게도 성적 끌림을 느끼지 않거나, 또는 성에 대한 관심이 적거나 완전히 없는 것.

물론 나 역시 섹스에 있어 크기는 중요치 않다고 굳게 믿던 때가 있었다. 다른 게 잘 맞는다면 섹스는 별로 중요하지 않다고, 사랑하는 마음으로 얼마든지 커버 가능하다고 생각했던 때가, 나도 있었다.

그 남자를 만나기 전까지는 말이다.

작은 것(이 싫지만 싫다고 말하지 못한 여자)들을
위한 시

ep. 02

꽤 오래전, 《마녀사냥》이라는
연애 고민 상담 프로그램에서 다룬 사연 중 남자 친구의
성기가 작아서 고민이라는 사연이 있었다. 사연의 내용은
이랬다.

남자 친구의 자지가 너무 작아서, 섹스가 만족스럽지 못한 수준
이 아니라 아무것도 느낄 수가 없어요.

그런데 이 고민에 대해 한 출연자가 남자 친구의 자지가 작다는 것을 이유로 남자를 바보 취급(?)하고 있다면서 사연자 여성의 태도와 노력 부족을 지적하는 것을 보고, 나는 적잖은 충격을 받았다.

아니, 남자 자지가 작은 것에 여자가 도대체 어떤 노오력을 해야 하는데?

애초에 사연 속의 남자는 사연자 여성과의 섹스에서 한껏 즐거움을 느꼈고, 심지어 자신이 다른 남성들보다 오래(!) 한다면서 자아도취에 빠져 있었다고 했다. 하지만 정작 사연자는 남자가 삽입을 했는지를 느끼지도 못했고, 심지어 그가 상심할까 봐 즐기는 척 연기까지 했다는 것이다! 정말 이래도 이 여자분이 노력한 게 없나요! 뭘 더 어떻게 노력했어야 했나요!

사실 내가 이렇게 피눈물로 읍소하며 따지는 이유는, 바로 내가, 그런 남자를 만난 적이 있기 때문이다.

작고, 오래 하고, 혼자 좋던 남자.

심지어 나는 사연 속 여성과는 달리 사귀기 전부터 그가 자신의 페니스 크기에 콤플렉스를 가지고 있다는 사실을 알고 있었다. 하지만 생각했지. 에이, 작아봤자 얼마나 작 겠어?

하지만 작았다! 정말 작았다!

애초에 그동안 자지가 작은 남자와 사귄 경험이 없어 안일 하게 생각했던 것이 나의 실수였다. 물론 이렇게 말하면 내 가 무슨 잭팟 자지만 만난 줄 알까 봐 쓰는 말인데, 나도 꽝 여러 번 뽑았다. 아니지. 오히려 이십 대 중반 이후로 깐 대 부분의 꼬춘쿠키*는 망했었다. 그리고 나는 그중에서도 역 대급으로 망한 운세를 뽑고야 만 것이다.

팬티를 내린 순간 보인… 그의 앙증맞은 그것은, 정말이지 할 말을 잃게 만들었다.

사실 그냥 한 번 보고 말 사이였다면 급한 일이 생각났다 며 그 자리를 박차고 나왔을 것이다. 하지만 남자 친구가 아닌가. 서로 독점적인 연애 관계를 맺기로 사전 협의를 거 쳐 결탁한 사이 말이다. 그래, 여아일언중천금. 일단 사귀

---

* 꼬춘쿠키 : 작은 리본 모양의 공갈 과자를 뜻하는 포춘쿠키. 과자를 깨면 안에 운세가 적힌 쪽지가 들어 있다. 어떤 운세 쪽지가 나올지 모른다는 점에 착안해, 팬티를 내려보기 전에는 어떤 고추가 들어 있을지 모른다는 뜻.

기로 했으면 여자가 책임을 져야지. 섹스 이전에 사람이 좋아서 만난 거면서, 겨우 섹스가 안 맞는다고 헤어지는 그런 옹졸한 여자 아니야, 나! 나의 사랑은 겨우 그 정도가 아니라고! 봐라, 내가 이렇게 마초적이고 보수적이다! 마침 나는 그와 사귀기 직전에 페니스도 크고 섹스도 잘 맞았지만 마음 씀씀이가 좀스럽기 그지없던 남자를 만나다 헤어진 참이라, 섹스보다는, 그러니까 상대방의 자지 크기보다는 상대방의 사람 됨됨이가 더 중요하다고 생각하고 있었다.

하지만 아니었다.

(자궁경부에 무리가 가기 때문에 웬만하면 피하라는 체위인) 후배위를 하려던 순간 그의 것이 튕겨져 나갔을 때, 그러니까 채 삽입도 하기 전에 그의 골반이 나의 빵빵한 엉덩이에 치여 튕겨 나갔을 때야 비로소 나는 그 심각성을 깨달았다. 내 엉덩이의 탄력을 이런 식으로 확인하고 싶지는 않았는데, 아아….

거사(巨事), 아니, 소사(小事)가 끝난 후… 남자 친구가 "어땠어?"라고 조심스레 묻던 순간, 나는 어색한 웃음을 지으며 "괜찮았어"라고 대답할 수밖에 없었다.

아는 사람은 알겠지만, 여기서 말하는 "괜찮아"는 "XX 싫어"보다 못하다. (XX는 알아서 상상하시길)

그날 밤, 만족스러운 듯 드르렁드르렁 코까지 골면서 자는 그의 옆에 누워 나는 조용히 입술을 깨물었다. 그리고 하늘을 향해 (속으로) 부르짖었다.

도대체 왜, 작냐고.

얼굴도 적당히 수려하게 잘생겼고, 키도 크고, 성격은 또 얼마나 다정다감한데, 이렇게 좋은 사람인데.
심지어 그는 섹스를 정말 '열심히' 했다!

그래서 정말 눈물 나게 노력했다.
차마 그의 사이즈에 대해서는 말할 수 없어서, 대신 이런 저런 섹스 판타지에 대한 대화도 나눠보고, 실천도 해보고, 체위도 여러 가지로 바꿔봤다. 하지만 안 됐다. 그가 내 귀에 더티 토크를 속삭이며 아무리 힘차게, 열심히 허리를 놀려도 나는 아무것도 느낄 수 없었다.
도구도 동원해봤다. 섹스토이로 클리토리스 오르가슴을 느낀 직후, 질이 잔뜩 수축과 이완을 반복하고 있을 때 삽입도 해봤고, 별로 젖지 않아 마찰력이 높을 때도 해봤고, 반대로 흥청망청 윤활제도 써봤고, 심지어는 페니스링까지도 써봤다.

그래도 안 됐다. (특히 페니스링은, 오히려 삽입 면적이 더 줄어들어서 쓸모가 없었다)

게다가 또 얼마나 오래 하는지.

그 역시 위의 사연에 나온 남자처럼 자신의 체력을 자랑스럽게 여겼다. 아아, 이것만큼은 확실하게 말할 수 있다. 정신 차려! 너는 섹스를 잘하는 것도 아니고, 체력이 좋은 것도 아니야. 그냥 지루인 거라고!

…

그래도 사랑했다, 그 사람을.

사랑하기 때문에 즐기는 척 연기를 할 수밖에 없었다.

그가 즐겁기를 바랐다.

하지만 사랑하기 때문에 더욱 견딜 수가 없었다.

나는 즐겁지가 않았으니까.

처음에는 부정했다. 아니야, 노력하면 될 거야. 하지만 갖은 노력을 거친 후에도 상황이 나아지지 않자, 다음에는 슬펐다. 앞으로도 이 사람과 독점적인 연인 관계를 유지한다면 나는 이대로 계속 만족스럽지 못한 섹스만 해야 하나? 그러다 보니 나중에는 화가 났다. '너는 좋아 죽는데, 왜 나는? 왜 너만 좋은 건데?' 나는 이 사람과 함께 즐거운 섹스를 하고 싶은데, 섹스를 하면 할수록 허망함만 늘어갔다. 어쩌면 당연한 얘기지만, 그는 섹스를 원했다. 늘 원했다. 하지만 그가 그럴수록 나는 갖은 핑계를 대며 섹스를 피했다. 이게 건강한 관계일 리가 없었다.

차라리 그가 나의 만족 따위는 안중에도 없는 남자였다면 끊어내기가 훨씬 쉬웠을 것이다. 애무에 충실하지 않았거나, 내가 싫어하는 체위를 고집했다거나, 섹스가 끝나면 뒤돌아 담배를 피우는 등 '이기적인 섹스'를 했다면 이 정도로 슬프지는 않았으리라. 만약 그랬다면 그냥 화가 났겠지. 싸우든, 협상하든, 거부하든, 끊어내든, 뭐라도 했겠지. 하지만 이건 그런 문제가 아니었다. 그는 상냥했고, 충실했고, 나름대로 노력했다.

하지만 안 되는 건 안 되는 거였다.

기본적인 하드웨어의 간극은 그리 쉽게 좁혀지지 않았다.

그건 노—오력 따위로 되는 게 아니었다.

혹자는 왜 이제 와서 이 글을 쓰는지 그 의도에 대해 물을지도 모른다. 이 문제에 대해 작은 고추를 가진 애인(들)과 진지한 대화를 나눠본 적은 있냐고, 왜 이제 와서 그러냐고, 너는 충분히 대화를 통해 해결하려는 노력을 하지 않았다고 말이다. 맞는 말이다. 나는 대화를 나누지 않았다. 왜냐고?

그랬다가 발기부전까지 오면 어떻게 하라고?

아이러니하게도, 자지가 작은 남자들은 대부분 이미 자신의 것이 작다는 사실을 알고 있다. 그리고 그것이 콤플렉스라는 것을 알기 때문에, 섹스를 하는 상대 입장에서는 더더욱 "네 것이 작다"라고 말을 할 수가 없는 것이다. 내가 어떻게든 좀 해보려고 하는데! 그 알량한 것마저 안 서면 대체 나보고 어쩌라고?! 뭣보다 요즘 같은 때에 그 말을 하는 순간 내가 무슨 짓을 당할 줄 알고? '거기'는 남자들의 자존심이라며. 그 '자존심'을 건드렸을 때 내가 무사하다는 보장이 있나? 더군다나 단둘이 있는 상황에서?

그렇게 여자는 진퇴양난의 빙글빙글 소추* 딜레마에 빠지고 마는 것이다. 그러는 사이 남자는 아무것도 모른 채 혼자만 해피해피하고… 여자는 더더욱 말을 못 하고…. 결국 헤어지기 직전까지 그런 악순환이 반복된다. (엄밀히 말해서 헤어진다고 이 악순환의 고리가 끊어지지는 않는다. 그저 다음에 그 남자와 섹스할 여성에게 폭탄 돌리기를 할 뿐이다. 망할)

아무리 생각해도, 나는, 여자들은 남자들의 작은 자지와 함께하기 위해 이미 최선을 다했다. 작은 자지와 섹스하기 위해, 작은 자지에 만족하기 위해, 작은 자지를 가진 남자의 자존심을 해치지 않기 위해, 작은 자지… 아 진짜 쓰다 보니까 울고 싶네.

지금은 21세기 아닌가. 유방도 확대되고 턱주가리도 갈아엎는 세상에, 도대체 왜 남자의 자지는 커지지 않는 건데? 나는 정말로 궁금하다.

그러니까 이 문제만큼은 제발 여자들의 노오오오력을 찾지 말고, 남자들이 알아서 해결해줬으면 좋겠다. 적어도 나에게 있어 그의 자지 크기는 무럭무럭 피어오르던 나의 사랑을 무참히 짓밟기에 충분했으니까. 만약 이런 나를 옹졸

* 소추 : 小錐. 즉, 작은 고추.

하다고 칭한다면, 나는 차라리 옹졸하고 싶다. 그러니 이런 나와 헤어져서 정말 다행이고, 페니스 사이즈가 중요하지 않은 여성을 만나 그가 행복하게 살았으면 좋겠다. 그런 여자가 얼마나 있을지는 모르겠다만.

사랑을 하는 데 페니스의 크기는 중요하지 않을지도 모른다. 하지만 사랑을 나누는 데는 페니스의 크기는 중요하다. 그것도 아주 많이.

Size does matter.
작은 자지는 구제할 수 없다.

P.S.

이 이야기는 사실 내가 만났던 여러 명의 작은 페니스를 가진 남성들과, 나의 친구들이 경험한 작은 페니스를 가진 남성들의 이야기를 섞어서 만들어낸 것이다. 그러니까 괜히 연락해서 왜 허락도 없이 자기 얘기를 썼냐고 화내지 않았으면 좋겠다. 내가 경험한 것은 당신의 작은 고추로 충분하다.

SNS는 인생의 낭비고
SNS를 하는 남자는 (   )다

1. 셀카로 가득찬 인스타그램 피드

    = DM을 기다리는 나르시스트

2. 엄청 긴 글로 가득찬 페이스북 피드

    = '좋아요'에 미친 에고이스트

3. 트위터

    = 트위터

※주의 : SNS를 안 하는 대신 남초 사이트 정회원일 수 있음.

태양,
아니 작은 것을 피하는 방법

그러니까 작은 고추에 대한 험담과 아쉬움은 실컷 늘어놨는데, 그래서 어쩌라는 걸까. 작은 자지가 왜 싫은지, 왜 안 맞았는지 알았으면 이제 안 만나면 되잖아?

하지만 인간은 망각의 동물. 욕심은 끝이 없고 같은 실수를 반복하는 법. 소추일 게 뻔해도 사랑에 빠지기도 하고 사랑에 빠지고 보니 소추일 때도 있는 법이다. 하지만 몇 번의 경험을 통해 '아, 나는 작은 자지가 안 맞는 사람'이라는 걸 알게 되었다면 이제 묻어둘 건 묻어두고 원하는 걸 찾아가야 하지 않겠는가. 하지만, 어떻게?

겉으로 드러나는 다른 기관과는 달리 자지는 몇 겹의 옷 속에 꽁꽁 감춰져 있고, 심지어 제대로 발기하기 전까지는 그 진가(?)를 모르니 정말이지 답답해 미치고 팔짝 뛸 노릇이다. 어찌어찌 좋은 분위기가 되어 침대까지 가면 무얼 하나! 바지를 내리는 순간까지도 '제발!'을 외치게 되는데. 아, 하늘이시여. 큰 자지는 바라지도 않으니 제발 작은 자지라도 피할 수 있다면 황송하겠나이다.

정말로 자지 크기를 미리 알 수는 없는 걸까? '꼬춘쿠키'를 까보기 전에는 모르는 걸까? 애초에 예방(?)할 방법은 없는 걸까?

결론부터 말하자면, 있다.

만약 당신이 남자의 자지 사이즈 따위는 신경 쓰지 않는 섹스 마스터라면 이 글은 살포시 무시해도 된다. (나는 아직 미숙해서 기본 장비가 중요하다. 그리고 원래 튜닝의 끝은 순정이다) 하지만 당신이 적어도 평균 이상의 크기의 자지를 가진 남자를 만나고 싶다면, 혹은 작은 고추가 매워서 도저히 거부하고 싶은 취향이라면 한 번쯤 눈여겨볼 글이라 자신한다. 솔직히 이 글을 쓰기 시작하면서 참 고민이 많았다. 정말 이래도 되는 걸까?

하지만 남자들은 아무리 못해도 기록으로 남은 것만 천 년 이상 여자들의 처녀막이 어쩌고저쩌고 훈수를 뒤왔고, 지금도 허구한 날 인터넷 게시판에서 여자 사람을 두고 가슴이 참젖*이니 의젖**이니를 토론하고, 여자의 성행위 횟수에 따라 소음순이 색소 침착이 되네 마네, 모양이 어떻네 온갖 개소리를 해왔잖은가? 그 오랜 시간 동안 자신들이 정한 기준에 맞지 않은 여자 몸에 대해서 그렇게 설교에 참견질을 해댔는데, 우리도 자지 얘기 좀 하면 뭐가 어때서?

말하자면 이 글은 '다들 그런 줄 알고' 작은 자지 기 살려준답시고 질 속에 필러를 맞고, '이쁜이 수술'이라는 이름으로 소음순 모양을 성형해야 했던 여성들을 위한 글이다. 안 그래도 고통스러운 출산으로 찢어진 회음부를 '남편에게 사랑받으라고' 실제 질 입구보다 더 작게 꿰매줬다고 자랑스레 말하던 구시대 여성 의학과 의사들의 배려 아닌 배려

---

* 참젖 : 성형 수술을 하지 않은 가슴.

** 의젖 : 성형 수술을 한 가슴.

를 받기보다는, 원래 자신의 모양보다 작게 조여야 할 만큼 작은 자지는 당연하지 않고, 피할 수 있으면 피하는 것이 좋다고 외치고 싶다. 이미 섹스 자체가 여성에게 하이 리스크인 행위인데, 굳이 폭락할 주식을 택할 필요는 없다고 말이다.

그런 의미에서 이 글은 작은 자지를 선호하지 않는 이들을 위해 철저히 공익적인 목적으로 작성되었음을 밝히는 바이며, 내가 세상의 모든 남자들을 만나본 것이 아니기에 당연히 나의 편협하기 그지없는 데이터베이스와 주변 여성, 남성, 논 바이너리*들의 증언을 토대로 만들어졌다.

만약 아래 조건에 해당되지만 나는 안 그렇다는 자지의 소유자께서 계시다면 정말로 축하하고, 해당된다면 참 안타깝다. 나도 진심으로 당신이 여기에 해당되지 않기를 바랐다. 하지만 어느 쪽이든 그다지 보고 싶지는 않으니 부디 반박은 팬티 안에 고이 넣어두시길.

1. 손—몸집에 비해 손이 작다.

---

* 논 바이너리(non-binary) : 남성과 여성 둘로만 분류하는 기존의 이분법적인 성별 구분을 벗어난 성 정체성이나 성별을 지칭하는 용어.

이것은 98.9%의 정확성을 자랑하는 구별법으로, 흔히 말하는 '단풍 손', '아기 손', '피아노 잘 치게 생긴 가늘고 예쁜 손'이 모두 해당된다. 나는 키가 큰 만큼 손도 제법 큰 편인데(대략 17cm 정도 된다) 나보다 큰 손을 가진 남자의 자지가 큰 경우는 생각보다 들쭉날쭉했지만 나보다 작은 손을 가진 남자는, 확실히 작았다. 대부분이 아니라 전부 작았다. 팬티를 내리고 화들짝 놀라서 다시 올리고 싶을 만큼 작았다. 아, 지금 생각해보니 그는 20대였음에도 브리프, 일명 삼각팬티를 입고 있었다! (팬티에 대한 이야기는 4번에서 이어진다)

다시 손 이야기로 돌아와보자면, 손가락의 길이가 호르몬과 연관성이 있다는 얘기는 다들 한 번쯤 들어봤을 것이다. 두 번째 손가락보다 네 번째 손가락이 더 길면 태아 시절 (남성호르몬이라고도 불리는) 테스토스테론의 영향을 더 많이 받았다느니 하는 그거 말이다. 손가락 길이와 호르몬 사이에 어떤 상관관계가 있는지는 솔직히 아무리 들여다봐도 모르겠지만 적어도 자지 크기가 테스토스테론의 영향을 많이 받는다는 것만큼은 알고 있다.

하여 이럴 때 쓰이는 말은 아닌 것 같지만, 어느 정도의 임상 결과와 알고리즘에 따라 남성이 몸집에 비해 유난히 작은 손을 갖고 있다면 그 사람은 작다. 허나, 큰 키만큼 큰 손을 가지고 있다고 해서 반드시 크리라는 보장도 없다. 다만 신체 비율에 비해 유난히 큰 손을 가지고 있다? 손가락이 굵고 마디도 큼직큼직하고, 손 크기도 크다? 그렇다면 한 번쯤은 도전해봄 직하다. 솔직히 그 정도로 큰 마디의 손가락이라면 굳이 삽입까지 가지 않고 손으로만 해도, 읍.

2. 초중고 앨범 − 2차 성징이 일어날 당시 비만이었다.

역시나 이번에도 호르몬 이야기다.

손 모양과 크기는 아리까리한데 어느 정도 관계가 진전되었을 때 확인할 수 있는 방법으로, 초중고 앨범 또는 어린 시절의 사진을 입수(?)하는 것이다. 가능한 한 2차 성징 전후를 모두 확인하는 것이 좋은데, 그 이유는 성장기 시절의 비만 여부를 알아보기 위함이다.

미리 말하건대, 나는 특정 체형이나 비만을 비하하려는 의도는 단 요만큼도 없다. 다만 과학적으로 소아 혹은 2차 성징 당시 비만이었을 경우 그것이 자지의 성장에 미치는 영향에 대해서만 말하고 싶을 뿐이다.

최대한 간단하게 설명해보자면 우리 몸에 살이 찌면 지방세포라는 것이 생긴다. 그리고 이 지방 내 세포에서는 아로마테이즈라는 효소가 나오는데 이것은 테스토스테론을 (여성호르몬이라고도 불리는) 에스트로겐으로 전환시키는 역할을 한다. 그럼 한창 호르몬의 분비가 왕성할 나이에, 자지의 크기를 무럭무럭 키워줄 테스토스테론 대신 에스트로겐이 뿜뿜 분비되고, 그 에스트로겐은 또 살찌기 쉬운 체질을 만들고(그래서 여자들이 살이 쉽게 찌는 것이다! 망할!), 살이 찌니 지방세포가 늘고, 효소가 늘고… 테스토스테론이 에스트로겐이 되고… 그렇게 '닭이 먼저냐, 달걀이 먼저냐'처럼 도돌이표로 반복되는 것이다. 물론 호르몬은 평생에 걸쳐 분비되고 개인의 식생활 습관에 큰 영향을 받지만, 자지의 성장은 키와 마찬가지다. 클 때 커야 한다. 그때 못 크면 다리에 철심 박는 무시무시한 수술을 하듯이, 자지에 실리콘 박고 그러는 거야.

설사 크기에 문제가 없다 해도, 진짜 문제는 따로 있다.

무시무시한 사실은 다이어트를 한다고 해서 지방세포 자체가 없어지는 건 아니라는 것이다. 지방세포는 크기만 작아질 뿐, 결국 그 자리에 계속 남아 있다. 장기적으로는 호르몬 분비에 영향을 끼치고 고혈압, 당뇨병, 고지혈증, 지방간 등 각종 성인병의 원인이 된다. (갑자기 분위기 공익 광고) 그리고 무엇보다 가장 결정적으로, 앞장에서 말했듯이 발기가 안 될 수도 있다! (꺄아아악!) 자 이제 에스트로겐이 얼마나 무서운지 알겠는가?

결국, 가장 좋은 것은 애초에 지방세포를 늘리지 않는 것이다. 몸은 미리미리 관리하자. 덮어놓고 찌다 보면 소추 꼴을 못 면한다.

3. 목소리 – 목소리가 가늘다.

2번과 같은 이유로 대표적인 남성의 2차 성징 징후 중 하나가 변성기, 즉 목소리가 낮아지는 것인데 만약 이때 테스토스테론의 분비가 충분하지 않으면 목소리는 여전히 엷은 채로 남는다. 영화 《파리넬리》에서 주인공이 거세당한 후 여자보다 더 높은 소프라노 음을 내는 카스트라토가 된 것이나, 사극 속 내시가 새된 목소리로 말하는 것을 생각하면 된다.

아무리 학창 시절 생물 과목과 친하지 않았다 하더라도, 작은 자지를 피하고 싶다면 기억하자.

자지의 크기는 테스토스테론과 밀접한 관련이 있다는 사실을.

4. 팬티 – 수납이 제대로 되지 않은 자지

만약 당신이 남성의 바지 위로 뽈록 솟아올라 존재감을 뽐
내는 어떤 것을 발견했다면, 그것의 정체는 높은 확률로 팬
티 안에서 정처 없이 흔들리는 귀두일 것이다.

그 이유를 알기 위해 우리는 우선 남성의 속옷을 먼저 살
펴볼 필요가 있다. 현대의 2030 남성들이 주로 착용하는
속옷은 '드로즈'라고 하는데, 주로 골반 위까지 올라오는
딱 붙는 사각팬티 같은 모양이다. 그리고 이것에는, 그들이
10대 언저리에 2차 성징이 일어나기 전까지 주로 입던 삼
각팬티(브리프)나 아저씨들이 주로 입는 헐렁한 사각팬티
(트렁크)와는 달리 제대로 고환과 자지를 수납할 공간이 마
련돼 있다. 그것도 아주 과학적이고 입체적으로!

때문에 그 안에 잘만 수납이 돼 있다면, 자지는 웬만해서는
쉽사리 자신의 존재감을 드러내지 않는다. 하지만 공산품
팬티 규격 이하의 작은 자지라면…? 우주와도 같이 텅 빈
주머니 공간에서 헛돌 수밖에 없는 것이다. 그렇기에, 상대
가 딱히 수납할 장소가 없는 삼각팬티를 입는다면 소추를
의심해볼 만하다는 뜻도 된다.

물론 나도 알고는 있다. 발기 전의 자지는 정말 놀라우리

만치 작다는 것을. 하지만 아래에 자리한 고환 때문에라도 (속옷 제조사가 기준으로 삼았을) 평균적인 발기 전 크기의 자지라면 대부분 위쪽으로 수납을 할 것이고, (그것보다 크다면 부럽다! 아, 아니, 이게 아니라) 하여튼 발기 전에도 어느 정도의 크기가 된다면 오른쪽이든 왼쪽이든, 어쨌거나 다른 방향으로 수납을 할 텐데. 만약 평균 이하 크기의 자지라면? 슬프게도 중력의 영향을 온몸으로 받으며 고환 위에 얹혀 뽈록, 튀어나오게 될 수밖에 없는 것이다.

물론 개개인의 팽창도도 다르고, 엄지손가락 한 개 정도의 크기였던 것이 거짓말 조금 보태서 500ml 생수병만 해지는 경우도 없는 것은 아니다만…. 대부분의 경우 엄지는 커져도 엄지, 잘 처줘도 검지이다. 예전에 잠깐 만났던, 작은 자지의 그가 대뜸 흥분했다면서 바지 위로 압정처럼 (!) 튀어나온 그것을 나에게 부벼올 때는 정말 얼마나 슬프던지…. 지금도 눈물이 앞을 가린다. 잘 지내니? 부디 너의 그 사이즈에 신경 쓰지 않는 분 만나서 행복했으면 좋겠다. 추가로, 만약 그의 바지 앞섶에서 뭔가 묵직한 것을 발견했다면 그것은 한 바가지 분량의 부랄일 확률이 더 높으니 부디 그 희망을 버리시길…. (그나저나 부랄이 클수록 자지는 작다는 통계가 있었는데, 그것이 생물학적인 요인 때문인지 아니면 상

대적 착시 현상인지 도통 모르겠다)

5. 콘돔 - 콘돔 끼는 것을 꺼려한다.

가끔 섹스 시에 '감도'를 운운하는 남자들이 있다. 콘돔을
끼면 느낌이 잘 안 난다면서 콘돔을 빼고 하면 안 되느냐
고 개수작을 부리는데, 이런 남자들은 대부분 작거나, 크기
는 그럭저럭이더라도 풀 발기*가 안 되거나, 작은데 풀 발
기가 안 되거나 셋 중 하나다. 한마디로, 감도가 나쁘다. 게
다가, 거기다가 대고 "조여봐"라고 한다면… 으아악! 네가
지루고 불감증인데 왜 내가 힘을 줘야 하는지 모르겠다. 물
렁 자지와 마주한 것만으로도 충분히 끔찍한데 뭘 어떻게
더 끔찍하게 만들 셈인지?
그러니 남성들이여, 자신이 자지가 작다는 사실을 조금이
라도 외면하고 싶다면 부디 착실하고 능숙하게 콘돔을 끼
는 방법을 연구하길.

6. 눈치 - 꺼림칙할 정도로 착하거나 불안정하다.

* 풀 발기 : 페니스가 완전히 단단하게 발기한 상태.

여기서 말하는 눈치란 제대로 된 감정 교류를 하는 사람이라면 응당 갖추어야 하는 소통 기술을 뜻하는 것이 아니다. 그것보다는, 상대의 행동에 맞춰 반응하기 급급한 종류의 것을 말한다. 말하자면 지나칠 정도로 상대의 기색을 살핀다던가, 비위를 맞춘다던가, 왜 이러나 싶을 정도로 비굴하게 구는 경우가 이에 해당한다.

이는 보통 자신의 콤플렉스를 감추기 위해 취하는 과잉 행동으로, 갑자기 심리학 이야기로 가서 미안하지만 이런 사람은 외적으로는 자신을 낮추지만 속으로는 스스로를 굉장히 높게 평가하는 '손상된 자존감'의 소유자일 수도 있다. 누구나 콤플렉스는 있지만 그것을 어떻게 표출하는지는 사람마다 다르고, 자신의 약점을 감추기 위해 자신마저 감추는 사람은 늘 꺼림칙하기 마련이다. 겉으로 보이는 모습은 한없이 다정하다 해도 그 콤플렉스를 건드리는 순간 언제 어디로 터질지 모르는 거라, 설사 그의 자지가 평균 사이즈거나 그것보다 한참 크더라도 어떤 콤플렉스가 지뢰처럼 숨겨져 있을지 모르니 만약 이런 '쎄함'을 느꼈다면 웬만하면 피하길 바란다.

7. 허세—소셜 포지션에 집착한다.

인간은 사회적 동물이고, 빙글빙글 돌아가는 세상 속에서 자신의 위치를 찾기 위해 고군분투하는 것은 어찌 보면 숙명이라고도 할 수 있다. 하지만 사회적 성취, 혹은 감투에 이상할 정도로 집착하는 남자라면 한 번쯤은 소추를 의심해봄 직하다. 여기서 말하는 성취란 개인의 목표 달성과는 좀 다르고, 그 성취를 타인에게 보여주는 것을 목적으로 한다는 데에 그 의미가 숨어 있다. 스스로가 섹스 상대로 어필이 되지 않음을 알기에 다른 방식으로 매력을 취득, 흥미를 끌려는 것인데, 솔직히 어떤 의미로는 자기계발의 일종이라 생각하기에 어느 정도는 응원하는 바이나…. 그 과정에서 그들이 6번과 같이 콤플렉스를 감추고 스스로를 억누르고 사는 확률도 무시할 수 없다는 것이 나의 생각이다. 심지어 자신의 사회적 지위를 근거로 터무니없는 보상을 받고 싶어 할 수도 있다. 하지만 나에게는 그걸 채워줄 의무가 없기에 역시나 피할 수 있다면 피하는 것이 좋겠다.

이외에도 근육을 키우는 것에 광적으로 집착하는 남자, 얼굴도 잘생겼고 조건도 좋은데 늦은 나이까지 결혼을 '못'한 남자, 자기 입으로 자지가 작다고 말하는 남자 등등이 후보에 올랐으나 그랬다간 이 글이 영원히 끝나지 않을 것 같아 이만 줄이기로 한다.

사실 이제 와서 병 주고 약 주는 것 같아 미안하지만, 분명히 말하건대 자지의 사이즈 자체는 분명히 취향의 영역이라는 것을 밝히고 싶다. 나라고 작은 자지로 오르가슴을 안 느껴본 게 아니고, 너무 큰 자지는 아프거나 무서워서 싫다는 여자도 분명히 있으며, 크기보다는 모양이 더 중요하다고 생각하는 사람도 많다. (물론 그렇다고 해서, 취향의 절대다수가 '작고 달콤하다는 작은 자지'를 선호하지 않는 것이 내 잘못은 아니다)

이러니저러니 해도, 섹스는 교감이자 소통이니까. 단순히 내장이나 다름없는 기관 안에 피가 잔뜩 몰린 해면체를 밀어 넣는 행위가 아닌, 서로의 눈빛, 분위기, 터치, 키스, 속삭임, 그런 것들이 모두 섹스니까 말이다. 그렇다면 여기서 그런 섹스가 안 통하는, 그러니까 섹스를 못하는 남자에 대해 이야기하지 않을 수 없는데, 그전에 이렇게 실컷 '작은 자지' 판별법에 대해 썼으니 큰 자지의 남자, 일명 '대물' 판별법에 대해서 먼저 말하는 것이 도리요, 순리가 아니겠습니까. 그래, '큰' 남자. 대체 어떻게 알 수 있는 걸까?

그것은 다음 장에 이어가도록 하겠다.

아무도 알려주지 않은
대물학개론

                              그런 건 없다.

끝.

"아, 이 섹스 망했다"를 느낀 순간 1위

섹스 중에 천장 무늬를 셌다.

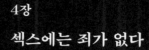

4장

섹스에는 죄가 없다

나의 첫 경험은
강간이었다

누구든 첫 경험에 대한 로망이 있을 것이다.

그것이 장미꽃이 뿌려진 남국의 새하얀 호텔 스위트룸이건, 아늑한 자기 방의 침대이건, 하여간 각자의 판타지가 있겠지만, 어느 누구도 그것을 도둑맞듯 치르고 싶지는 않을 것이다.

하지만 나의 첫 경험은 그랬다.

나의 첫 경험은, 강간이었다.

내가 이 글을 쓰는 이유에 대해 궁금한 사람이 있을 것이다. 왜 이제 와서 이런 이야기를 꺼내냐느니, 이게 '연애' 이야기에 어울리냐느니, 너무 무거운 이야기 아니냐느니 하는 그런 것들 말이다. 이 글을 쓰는 이유는 내가 나에게 일어난 일, 내가 경험한 일을 글로 쓰지 않고는 견딜 수 없는 뻔한 글쟁이여서일 수도 있고, 지금 이 순간에도 아무것도 모르는 채 빼앗기듯 초야를 맞이하거나, 폭력을 섹스라 오인하는 이들을 위한 것일 수도 있다. 그 와중에도 이런 이야기를 하는 나를 두고 관종이니, 꽃뱀이니 하며 얼굴 한 번 본 적 없는 가해자에게 감정이입해 고장 난 로봇처럼 되뇌는 멍청한 인간들도 분명히 있을 거고. 뭐 여하튼 마음대로 생각하기를 바란다.

다만, 당신이 어떤 생각으로 읽던지 이것만은 확실히 하고 싶다.

그리고 이 글을 읽는 내내 기억하기 바란다.

그것은 분명한 '강간'이었다는 것을.

...

내가 갓 스무 살이 된 해였다. 나는 그 당시 유학 중이었고,

언제였는지는 정확히 기억나지 않으나 풀 냄새가 진하게 났으니 아마 4월 언저리였을 것이다. 햇빛이 잘 들지 않아 살짝 쌀쌀한 나의 기숙사 방, 큰 호수와 꼭대기에 눈 덮인 산이 정면으로 보이는 넓은 창 바로 아래의 나의 침대에서, 나는 성폭행을 당했다. 가해자는 다름 아닌 헤어진 지 일주일도 채 안 된 전 남자 친구였다.

그때의 기억은, 몇 년이 지난 지금도 꽤나 생생하다. 그 남자의 얼굴도, 이름도, 체취도, 그가 나를 어떻게 대했는지도 대부분 기억이 난다. 하지만 그 기억 자체가 고통스럽냐고 묻는다면 글쎄, 대체 왜 그런 질문을 하는 걸까?

'첫 경험.'

그것은 언니들을 통해 알음알음 들었던 것처럼 지독히 아프지도 않았고, 언젠가 봤던 영화에서 말한 것처럼 새로 태어난 기분도 아니었다. 아, 사극에서 본 것처럼 혈흔이 나오지도 않았다. 굳이 말하자면, 불쾌했다. 침이 묻은 베개처럼 찝찝했다. 하지만 당시에는 왜 그것이 그토록 불쾌했는지, 그 이유를 알지 못했다.

사실 나는 오랫동안 그것이 나의 첫 '섹스'라고 생각했다. 하지만 그것이 성폭행이었다는 것을 깨달은 후에도 그 일

을 떠올리는 것만으로도 고통스럽다거나, 그것이 트라우마
가 되어 다시는 섹스를 못 하게 되었다거나, 남자를 무서워
하거나 혐오하게 되지는 않았다. (당연한 이야기이지만, 실제로
그런 고통에 시달리는 사람을 무시하려는 뜻이 아님을 밝힌다) 나는
여전히 섹스를 하는 것도, 섹스에 대해 이야기하는 것도, 섹
스에 관한 콘텐츠를 쓰고 그리는 것도 모두 즐기고 좋아한
다. 사회가 흔히 성폭력 피해자에게 기대(?)하는 어떤 순결
한 피해자성을 내비칠 생각도 없고, 그래야 할 이유도 없다.
다만, 내가 그 남자와 헤어진 이유가 다름 아닌 '그와 섹스
를 할까 봐 두려워서'였다는 것이 아이러니라면 아이러니였
다. 당시의 나는, 보수적인 대한민국 사회의 일원이자 3대째
독실한 가톨릭 신자인 집안의 자녀다운 혼전순결주의자였
다. 하지만 섹스에 대해서 어느 정도 흥미는 있었기에 빨리
섹스를 해보고 싶었고, 그래서 가능한 한 빨리 결혼을 하
고 싶었다. 갓 20대가 된 여느 소녀가 그렇듯이 결혼은 사
랑의 골인 지점이라고 믿었고, 섹스 역시 그와 동의어라고
여겼다. 그래서 그가 나를 성폭행하던 순간에도 나는 내가
그를 여전히 좋아한다고 생각했고, 그 역시 나와 같은 마
음이라 믿었다. 지금 와서 생각해보면, 그렇게 믿어야만 했
던 것인지도 모른다. 그렇지 않으면 스스로가 견딜 수 없을

것 같았다. 그것을 폭력이라 인정하면 나는 사랑받은 것이 아닌, 그저 폭력을 당한 '불쌍한 애'가 되어버리니까. (비록 전 여자 친구이지만) 애인이 아닌, 피해자가 되어버리니까. 그래서 나는 그것을 강간이라고 생각하지 못했다. 아니, 그럴 수 없었다. 그래서 서로 여전히 마음은 통하고 있다고, 그가 서투른 방법으로 자신의 마음을 표현한 것이라 여겼다. 그와 사귀었던 당시, 그러니까 내가 강간을 당하기 전, 나는 그에게 섹스를 하는 것이 두렵다고 말했다. 그때는 정말 무서웠다. 나는 울면서, 너에 대한 내 마음은 커지는데 너와 섹스를 할 자신이 없으니 헤어지자고 말했다. 그러자 그는 그런 나를 이해한다는 듯 어깨를 토닥이며 내게 첫 경험을 소중히 하라고 말했다. 그리고 바로 며칠 후, 그는 자신이 뱉은 바로 그 말을 우습게 만들었다. 심지어 그 와중에도 내가 혈흔이 나오지 않았다는 사실 때문에 그 남자는 내가 '처녀'인지 의심했다.

그럼에도 불구하고, 당시의 나는 오히려 그와의 관계 회복을 위해 노력했다. 우리는 비록 헤어졌지만, 그는 여전히 나를 좋아하고 있을 것이다, 사랑하고 있을 것이다, 그렇지 않다면 나와 '섹스'했을 리 없다. 그것은 강제로 이루어진 것이 아닌, 서로 마음이 통한 '섹스'였다. 그 역시 자신의 행동에 대해 정당성을 부여하려는 듯 얼마간은 나에게 상냥하게 대했던 것 같다. 하지만 그는 얼마 지나지 않아 다른 여자를 사귀었고, 그와의 관계는 그것으로 끝이 났다.

이제 와서 새삼 그때를 후회하지는 않는다. 그를 고발하려는 것도 아니고, 엄청나게 증오하지도 않는다.

그 일을 겪었다는 사실 역시 전혀 수치스럽지 않다. 내가 사회가 원하는 피해자성을 가지고 있거나 연기하고 있지 않다고 해서, 내가 피해자가 아닌 것은 아니다. 스스로를 창피하게 여겨야 할 것은 그런 폭력을 저지른 전 남자 친구다. 그로 인해 내가 다시 사랑을 못 할 이유도, 다시 섹스를 못 할 이유도 없다.

하지만 만약 시계를 돌릴 수 있다면, 그 일을 겪지 않아도 된다면 당연히 겪고 싶지 않다. 적어도 내가 섹스를 하고 싶다는 사실을 확실하게 인지한 상태로, 그런 같은 감정을 느끼는 상대와 첫 섹스를 했다면 훨씬, 훨씬 좋았을 것이다. (굳이 하나 더 바란다면, 첫 경험 전에 맞으면 95% 이상의 효과를 자랑한다는 HPV 백신을 미리 맞았다면 더 좋았겠지…)

어찌 되었든 그 일련의 사건이 내가 인생을 사는 데에 아주 큰 장애물이 되지 않았을지라도, 그것은 섹스가 아닌 강간이었고, 나는 피해자다.

그리고 지금 이 순간에도, 나와 비슷한 이유로 원하지 않는 처음을 맞이하는 여자들이 있을 것이다. 그것이 강간이라고 인식조차 하지 못하고, 혹은 강간인 것을 알아도 분위기나 관계를 깨고 싶지 않아서, 혹은 그 순간에 더한 일을 겪을까 봐, 그래서 그만하라고, 그만두라고 말하지 못하는 여자들이 분명히 있다.
그래서 지금 이 순간 나는 말한다. 분명히 말한다.

"나의 첫 경험은 강간이었다"라고.

사귀지도 않는데
섹스를 해도 되는 걸까?

아주 오래전에 읽은 연애 관련 서적에서, 연애 스타일을 사냥법에 비유한 내용을 읽은 적이 있다. 말하자면 찍은 먹잇감이 잡힐 때까지 쫓아가는 사냥 타입인지, 떡밥을 잔뜩 뿌려두고 미끼를 물기를 기다리는 낚시 타입인지, 아니면 한 번 붙잡은 사냥감을 절대로 놓치지 않는 덫 타입인지 같은 것이었다. 그 비유를 놓고 본다면, 나는 확실히 근거리 사냥 타입이다. 그것도 굳이 말하자면, 작살파.

옆에 있다면 반드시 잡는다.

일단 누군가를 좋아하면, 온갖 육탄 공세로 상대방을 굴복시킨 후 연애를 시작하는 것이 나의 스타일이다 보니 지난 연애들은 대부분 '평범함'과는 거리가 있는 방식으로 전개되었다. 여기서 말하는 평범함이란, 상대와 시간을 보내며 천천히 서로를 알아간 후 '고백'을 하고 사귀는 것을 뜻한다. 좀 더 노골적으로 말하자면, 내 연애 관계는 대부분 섹스로 시작되었다.

이 이야기를 들은 대부분의 사람은 묻는다. 육체 관계로 시작한 관계가 과연 오래갈 수 있겠냐고. 남자는 '모두' 섹스가 목적인데, 가장 원하는 그것을 줌으로써 '쉬운 여자'가 되는 것이 무섭지 않느냐고 말이다. 그게 얼마나 시대착오적이고 무례한 질문인지는 차치하고서라도, 결론부터 말하자면 서로를 진득이 알아간 후에 시작한 연애든, 하룻밤을 먼저 같이 보내고 시작한 연애든, 적어도 나의 연애가 끝나는 시기는 대부분 비슷했다.

섹스 한 번으로 끝날 줄 알았던 관계가 연애 관계로 이어진 경우도 있었고, 연인이 되었음에도 섹스 없이 끝난 관계도 있었으며, 혹은 섹스를 한 후에 연인 관계가 되었으나 그 이상의 감정이 생기지 않아 헤어진, 여하튼 온갖 경우의 수가 존재했다. 즉, 관계가 어떤 식으로 시작했던지 간에 끝은 다 달랐다는 뜻이다.

애초에 상대와의 거리를 섹스로 정하는 사람이라면, 그는 연애를 시작한 후든 아니든 언제가 되었든 그렇게 했을 사람이었을 것이다. 섹스를 먼저 했다고 '쉬운 여자' 혹은 '잡힌 물고기' 취급할 남자라면 앞으로의 행보 역시 불을 보듯 뻔하다. 갑자기 연락이 안 되거나, 말을 함부로 하거나, 만남을 피하다가도 잠자리만을 원하거나 등등. 반대로 섹스 직후라 하더라도 나를 앞으로도 소중하게 여길 사람이라면 몇 시간 연락이 안 되는 것만으로도 걱정할 것이다. 나에게 마음이 있는 남자라면 몇 시간이 아니라 몇 분 후라도 연락이 온다. 다음에 언제 또 볼 수 있는지 묻고, 데이트라는 단어도 쓸 것이다. 오히려 섹스로 시작한 관계이기에 섹스라는 말도 함부로 꺼내지 않을 것이다. 아무리 못났더라도, 관심 있는 상대한테 그 정도는 한다.

결국 상대방의 태도가 가장 중요하다는 것.

식상하지만 케이스 바이 케이스, 사람 바이 사람.

인간관계에 있어서 언제나 문제는 나와 상대방이 같은 페이지에 있지 않아 생긴다. 연애도 마찬가지다. 하지만 그렇다고 해서 연애의 끝이 섹스는 아니다. 만약 연애의 끝이 섹스라고 여기는 남자가 있다면, 그는 뒷장에 아무것도 없는 텅 빈 책과 같은 사람이라는 뜻과도 같다. 그런 허망한 남자의 다음 장을 내가 써줄 필요는 없다.

아마 대부분의 사람들이 섹스로 시작한 관계를 꺼림칙해하는 이유는 언제가 되었던 그 관계가 끝났을 때 "역시 그때 섹스하는 게 아니었는데"라는 생각이 들까 봐, 그 후회가 두려워서라고 생각한다. 몸을 먼저 보이는 대신 상대에게 내 매력을 좀 더 보여줬더라면, 내가 더 잘해줬더라면, 내가 그럴 가치가 있는 사람이라는 것을 더 드러냈더라면 연애가 더 오래갔을지도 모른다고 말이다.

무엇보다 세상에는 그런 마음을 이용해 먹으려 드는 못된 놈들도 분명 존재하니까. 그리고 딱 그런 몹쓸 남자, 일명 '먹버'* 할 남자라는 걸 못 알아본 네 탓이라고 비난하는 사람들도 있고 말이다. 그런데 말이야, 공들여 쌓아올린 탑을 무너뜨리는 것이 좋다며 온갖 감언이설로 상대방을 녹여놓곤 하룻밤을 보내고 입 싹 씻는 변태, 아니 못돼 처먹은 놈들도 세상에는 얼마든지 있는데 그걸 내가 어떻게 다 알 수 있겠어? 작정하고 속이려면 누가 못 하느냐고.

---

* 먹버 : 잠자리를 가진 후에 바로 태도를 바꾸는 행위를 뜻함.

혹시라도 지금 만나는 남자가 일찍부터 싹수가 누런… 아니 그런 돼먹지 못한 행동을 취하는 남자라면, 차라리 다행이라는 생각을 했으면 좋겠다. 마음 쓰고, 돈 쓰고, 시간 쓰는 과정을 모두 생략해서 다행이라고. 겨우 그런 상대에게 나라는 존재를 입증시키기 위해 처참한 과정을 거치지 않아도 되는 것에 감사하는 것이다. 누구에게? 그 남자에게? 아니! 나 스스로에게!

어차피 그런 사람을 모조리 걸러낼 수는 없다. 그러니, 적어도 스스로가 가장 원하는 순간에 원하는 상대와, 원하는 방식으로 섹스를 할 수 있었다는 사실만으로도 충분하다고 생각했으면 좋겠다. 상대가 앞으로 어떻게 행동하던 간에. 뭐든, 내가 정말 원해서 한 섹스라면 족하다. 원해서 했는데 결과가 안 좋았다면, 그러니까 갑자기 연락이 끊겼다거나 한다면 그것 역시 어쩔 수 없다. 매를 먼저 맞는다고 덜 아픈 건 아니지만, 적어도 긴 시간을 "이건 아닌데" 하며 전전긍긍하며 지내는 것보다는 훨씬 나으니까.

섹스가 너무 환상적이라, 혹은 자지가 딜도로도 못 만들 꿈의 형태라 자꾸자꾸 생각나는 수준이 아니라면 하루 정도 쪽팔림에 이불 차고, 개새끼 소새끼 XX 새끼 실컷 욕하고 툭툭 털고 일어나 새로운 사랑을 물색하는 쪽이 훨씬 생산

적이다. 우는 것도 괜찮다고 생각한다. 그런 놈한테는 눈
물이 아깝다느니 그런 말은 하고 싶지 않다. 그래 봤자 1ml
도 안 되는 몸속 수분일 뿐인걸. 그 분한 마음을 꾹꾹 억누
르는 것보다는 울 수 있을 만큼 실컷 울고 시원해진 기분
으로 다음 장으로 넘어가는 쪽이 훨씬 정신 건강에 이롭지
않을까? 섹스가 최종 목적지일 뿐이었던 쓸데없는 그들은
저 멀리 뒤에 남겨두고 말이다.

어쨌든, 어떤 경우에든, 과거의 자신을 책망하는 그런 경우
만은 없었으면 좋겠다.

몸이 끌려서 만난 건 죄가 아니다.

섹스에는 죄가 없다.

짝사랑을 하는 것보다,

상대에게 아무 감정도 느끼지 못하게 되는 게 무서워.

그게 천만 배는 더 쓸쓸해.

나는 원나잇이 끝나면
남자가 사라졌으면 좋겠다

"우음… 피곤해….'"

"내가 다 할게."

그의 간절함에 마지못해 셔츠를 말아 올렸다. 뭐, 정말 섹스가 별로였다면 끝까지 거부했을 것이다. 하지만 그와의 섹스는 나쁘지 않았다. 그는 정성스럽게 나의 가슴을 핥기 시작했다. 나는 멍하니 그의 입술을 느끼며 '아, 이 안 닦았는데' 그런 생각 따위를 하고 있었다.

그것은 나의 첫 번째 원나잇이었다.

사실 지금까지 나의 원나잇은, 원나잇이 아니었다. 애초에 아는 사람과 하는 섹스는 하룻밤의 유희로만 끝나지 않을 확률이 높았다. 필연적으로 다시 자게 되거나 사귀게 되었으니, 결국 원나잇이 아니었던 셈이다.

하지만 이번에는 달랐다.

그는 어느 라틴클럽에서 만난, 완전히 낯선 사람이었다.

내가 라틴댄스 클럽에 간 것은 그날이 처음이었다. 그곳은 세계 각국의 라틴댄스 고수들과 생초짜들이 모두 모이는 곳이었는데, 마침 그날 밤은 초보자를 위한 라틴댄스 강연이 있는 날이었다. 우선 30분씩 살사와 바차타의 기본 스텝을 익히고 그 후부터는 각자 자유롭게 돌아다니며 춤을 출 수 있는 파티 같은 시스템. 약간 박치인 나는 거짓말로도 잘 춘다고 할 수 없는 실력이었지만, 음악과 분위기에 한껏 고취된 나머지 마치 쿠바 사람에게 빙의라도 한 듯 온몸이 땀에 흠뻑 젖도록 스텝을 밟았다.

그리고 그가 내게 다가왔다. 그와 눈이 마주치자마자 알 수 있었다.

나는 오늘 밤, 그와 잘 것이라는 것을.

...

그의 손을 잡고, 그의 리드에 따라 스텝을 밟으며 춤을 추
는 내내 서로의 눈에는 스파크가 튀었다. 어느새 우리는 클
럽에서 나와 집으로 향했고, 길거리를 가로지르는 와중에
도 정신 나간 사람들처럼, 혹은 영화 속 한 장면처럼 계속
춤을 추었다. 그리고 마침내 침대에 누워 서로의 심장이 같
은 속도로 뛰는 것을 느끼자, 우리는 서로에게 입을 맞췄
다. 그것은 마치 춤과 같았다. 삼바처럼 열정적이었고, 바
차타처럼 관능적이었으며, 탱고처럼 긴장되기도 했고, 살
사처럼 변칙적이었다.

하지만 정작 섹스는 열정적이었던 춤과 키스에 비해서는
의외로 별것이 없었다. 이미 모든 열정을 그것들에 쏟아부
었기 때문일까? 하지만 그의 섹스는 다정했다. 그는 대부
분의 남자가 피하는 커닐링구스*도 적극적으로 즐겼고, 내
가 느끼는 것에 최대한 신경을 쓰고 있었다. 애초에 폭력
적이거나 강압적이지 않고, 콘돔도 잘 끼고, 페니스는 적당
히 큰 데다 엉덩이도 얼굴도 예쁜 남자와의 섹스가 얼마나

---

* 커닐링구스(cunnilingus) : 입술, 혀, 입 등의 모든 구강기관으로 여자의 성기를 애무하는 것.

드물고 소중한지 아는가? 어쨌거나 섹스는 나쁘지 않았고, 그것으로 그날 밤은 즐거웠다.

그리고 나는 가벼운 꿈을 꾸었다. 약간 어슴푸레하게 밝아 오는 새벽에, 그가 옷을 찾아서 입고는 나에게 "즐거웠어" 라고 말하고 그대로 집을 나서는 꿈. 너무도 상쾌한 그의 태도에, 나는 비몽사몽 밝게 웃으며 그를 누워서 배웅했다. 하지만 다음 날 아침이 되자, 현실의 그는 여전히 내 옆에서 이불을 끌어안고 자고 있었다. 내가 잠에서 깨 뒤척거리자, 그는 다시금 전날 밤의 춤과 섹스로 녹초가 된 나의 몸을 탐했다. 그리고 섹스가 끝나자, 그는 다시 잠에 빠져들었다.

잠든 그를 옆에 두고, 나는 어쩐지 진정할 수가 없었다. 그에게 설레서? 아니! 어서 빨리 저 녀석이 집에 가줬으면 해서! 하지만 그렇다고 괜찮은 밤을 함께한 그에게 매몰차게 나가라고 할 수도 없는 노릇이라, 나는 거실을 서성거리며 그가 깨어나기만을 기다렸다. 혹시라도 저 녀석이 내 방에 있는 뭔가를 훔쳐 가면 어쩌지 싶어 일부러 방문까지 살짝 열어놓고 말이다. (정말 그런 일이 종종 있다고 한다)

그리고 마침내 그가 깨어나자, 나는 짐짓 아무렇지도 않은 척 잘 잤냐고 묻고는, 일부러 여유로운 척 집 안을 돌아다녔다. 이런 상황이 익숙한 양 말이다. 그가 주섬주섬 옷을 입으며 "오늘 뭐해?"라고 묻자, 나는 "오늘 바쁘지!"라고 대답했다. 나의 발랄한 대답에 그는 어쩐지 할 말을 잃은 듯했다. 옷을 다 입고, 현관문 앞에서도 그가 서성이며 떠나지 못하자 나는 상큼하게 웃으며 오른쪽을 가리켰다.

"엘리베이터는 저쪽이야."

그는 뒷머리를 긁적이며, 천천히 복도 끝으로 사라졌다. 나는 그가 가자마자 침대의 시트를 모조리 벗겨내 세탁기에 넣었다. 커다란 윙윙 소리를 내며 하얀 거품과 함께 돌아가는 하얀색 침구류. 그것을 보면서 생각했다.

그냥 손가락을 딱, 해서 남자가 사라지면 좋을 텐데.

그와의 섹스를 후회하는 것은 아니었다. 섹스는 그럭저럭 즐거웠다. 다만 섹스 전후에 따라오는 고민, 불안, 공포가 그의 매력을 반감시켰다. 지금 생각해도 그를 집으로 데리고 온 것은 아주 큰 모험이었다고 생각한다. 그가 혹시라도 언젠가 나의 집에 찾아와 해코지를 할지도 모르는데. 허나 당시의 나는 그 정도로 여성의 안전에 대해 민감하게 생각하고 있지 않았다. 그런데 또 그 와중에 물건이 없어질까 봐 그를 감시(!)하고 그가 섹스 중에 폭력을 휘두르거나 스텔싱*을 할까 봐 걱정했다. 사실 무엇보다, 나는 내 침대 위에서 푹 쉬고 싶었다. 그런데 그가 가질 않으니 투덜투덜 심술이 났다. 내 침대에 그의 냄새가 배는 것도 싫었다. 내가 그런 고민을 한 것이 단지 원나잇이었기 때문일까? 과연 연애 관계라고 해서 같은 고민을 하지 않았을까?

결국 내가 원했던 것은, 그런 '섹스'보다도 그런 '관계'였다. 하룻밤만의 유희가 아닌 고민, 불안, 공포를 포함해 즐거움, 기쁨, 심지어 나의 몸에 밴 그의 향기까지도 사랑할 수 있는 그런 관계. 삼바처럼 열정적이고, 바차타처럼 관능적이며, 탱고처럼 긴장되고, 살사처럼 변칙적인 관계. 리드에 따라, 서로 당기고 끌어주리라는 믿음이 있는 관계. 비록 처음 만났을지라도, 그렇게 리듬이 잘 맞는 상대와는 그런 관계가 될 수 있을지도 모른다고 나는 아주 잠깐 기대했던 것 같다. 하지만 다음 날 아침, 그의 얼굴을 마주한 순간 나의 생각은 깨져버렸다. 그렇다고 섹스 후에 나를 껴안고 토닥여주길 바랐냐 하면, 그것도 아니다. 아니, 그랬더라면 뭔가 바뀌었을까? 만약 오늘 뭐 하냐고 묻던 그에게 같이 커피라도 한잔하자고 말했더라면? 그와 라틴클럽이 아닌

---

* 스텔싱(stealthing) : 성행위 중 콘돔을 빼는 범죄 행위.

다른 곳에서 만났더라면?

하지만 그런 고민은 이내 빙글빙글 돌아가는 세탁기 속으로 사라졌고, 나의 원나잇 상대는 뒷머리를 긁적이며 떠났다. 아마 그 답은 영원히 모르겠지.
아, 빨래 다 됐다. 널고 운동 다녀와야지.

이번 섹스는
망했습니다

언젠가 잠깐 사귀었던 남자가
있다. 편의상 그의 이름은 F라고 하겠다. 수려한 외모에 흠
잡을 데 없는 매너, 심지어 섹스도 꽤 잘 맞았음에도 불구
하고 F와의 섹스가 망한 이유는 다름이 아니라, 그가 삽입
을 시작하기 직전에 아주 나지막한 목소리로 내게 이렇게
물었기 때문이다.

"콘돔… 빼고 하면 안 돼?"

그가 처음 '노 콘돔'을 요구했을 때, 나의 머릿속에는 수백

개의 문장이 흘러갔다.

이 새끼를 어디서부터 이해시켜야 하지?

야, 너가 성병 무서운 줄을 모르는구나. 어디 우리 역학조
사를 한번 해보자구나. 너는 분명히 나에게 이러는 것처럼
전 여자 친구에게도 노 콘돔을 요구했겠지? 만약 그 여자
친구가 그것에 응했다면, 그 여자 친구는 높은 확률로 다른
남자와도 콘돔 없이 섹스를 하지 않았을까? 그렇다면 또
그 남자는 다른 여자에게 콘돔 없는 섹스를 원했을 것이고,
거슬러 거슬러 거슬러 연어마냥 올라가다 보면 그중 누구
한 명쯤은 분명 성병이 있지 않을까? 그 바이러스가 섹스
의 관계도를 타고 내려오고, 내려오고, 또 내려와서 F 너의
몸에 머물러 있다면? 거기다 노 콘돔 섹스를 주장하는 너
같은 남자가 인유두종(HPV) 백신을 맞았을 리는 절대 없
으니, 일단 내가 자궁경부암에 걸릴 위험만큼은 팍 상승하
지 않겠니? 근데 그거 알아? 남자도 HPV에 감염되면 구강
암에 걸린다?
그뿐만이 아니야. 너는 그냥 섹스 한 번에 뿅 가고 말겠지
만, 나는 다음 월경까지 마음을 졸이며 기다려야 해. 월경

며칠 늦어질 때마다 네이버에 '임신 초기 증상'을 대체 몇 번을 검색하는지 알아? 임신 테스트기는 네가 사줄 거니? 혹시라도 정말 임신하면? 네가 책임진다고? 아이고, 뭐 당연한 소리를 당당하게도 하고 자빠지셨다. 아주 뿌듯하시겠어? 내가 낳기 싫다면 어쩔 건데? 임신 중절수술 비용 네가 댈 거야? 병원 찾는 건 또 어떻게 할 건데? 다행히 낙태죄는 이제 사라졌지만, 그게 네 고추의 안녕을 위해 사라진 건 아닐 텐데?

하지만 수많은 문장이 맴도는 나를 앞에 두고 그가 두 눈을 꿈뻑거리며 나의 대답을 기다리는 모습을 보고 있자니, 김이 팍 새버렸다. 나는 결국 딱 두 마디를 간신히 뱉을 수밖에 없었다.

"안 돼."

그 후에도 F는 나에게 몇 번인가 콘돔 없이 섹스할 것을 요구했지만, 나는 당연히 "NO"를 외쳤고, 어느 순간부터 그는 더 이상 그것을 요구하지 않게 되었다. 얼마 지나지 않아 그와 헤어지기는 했지만 나는 아직도 그의 눈빛을 잊을 수 없다.

정말 왜 노 콘돔 섹스를 하면 안 되는지, 도저히 그 이유를 모르겠다는 그 두 눈 말이다.

사실 생각해보면, 만약 이전의 나였다면 못 이기는 척 노 콘돔 섹스에 응했을지도 모르겠다. 분위기를 깨면 왠지 미 안하니까, 어색하니까. 사실 그것보다는 그의 요구를 들어 주지 않으면 그가 화를 낼까 봐 무서웠던 것이 가장 컸던 것 같다.

하지만 이번의 나, 지금의 나는 달랐다. 나는 단호하게 "절 대 안 돼"를 외쳤다.

사실 나라고 그 남자와 헤어지고 싶었겠는가, 그 남자는 무 려 대한민국에서는 가히 천연기념물이라고 할 수 있는 '톨 앤 핸섬, 빅 앤 머슬'인 남자였다고! 하지만 멸종위기종인 그런 남자와 섹스를 하는 것 이상으로, 왜 내가 그런 남자 와 섹스를 지속하면 안 되는지 그 이유는 너무도 분명했다. 피곤했다. 그런 답답하고 불편한 감정을 느끼는 것이, 그에 게 콘돔 없이 섹스를 하면 안 되는 이유에 대해 설명을 해 야 한다는 사실이 너무도 피곤했다. 흔히 말하는 현타(현자 타임)가 왔다고 해야 하나?

왜 나는 한창 뜨겁고 섹시해야 할 순간에 고작 콘돔을 가 지고 실랑이를 벌여야 하지? 콘돔을 낄 줄 모른다면서 끼 워달라고 하는 것도 한두 번이지, 모르는게 자랑이야? (요 즘에는 순식간에 촤라락 끼우는 것이 섹시한 거고 대세라는 걸, 남자들은 도대체 언제쯤 알까?) 왜 이런 걸 기초교육 과정에서 가르쳐주지 않는 거지? 왜 남자들은 모르는 거지? 왜 여자가 그것을 이해시켜야 하지? 그냥 좀 알면 안 돼? 모르면 닥치기라도 하면 안 돼? 안 된다고 하면, 안 되는 줄 알면 안 돼? 그런 피로가 겹치고 겹쳐, 나는 망한 섹스를 하느니 차라리 섹스를 하지 않겠다 선언하기에 이르렀다.

누군가는, 애초에 그깟 섹스 좀 안 하면 되지 않느냐고 물을 것이다. 하지만 나는 섹스를 하고 싶다! 나에게 섹스는 큰 즐거움이다. 아무리 언니들 말씀으로는 불 끄면 그놈이 그놈이라지만 나는 그렇게 생각하지 않는다. 교감이 잘 이루어지는 파트너와 하는 포근하고 따뜻한 섹스는 물론, 이제 막 서로를 알아가는 단계에서 탐색하듯이 하는 격정적 섹스의 묘미도 놓칠 수 없단 말이다. 다시 말하기도 새삼스럽지만, 나는 섹스가 너무 좋다.

결국 문제는, 섹스에 따라오는 모든 불안이나 불편에 대한 책임을 여성에게만 지우는 현실에 있다. 심지어 성범죄를 겪어도 피해자인 여성을 욕하는 마당에, 이런 상황에서 도대체 어떤 여성이 당당하게 섹스를 하고 싶다고, 또 좋아한다고 외칠 수 있겠어?

잘못된 것은 뭇 남성들의 섹스지, 여성들의 섹스가 아니다.

그들의 무지로 인한 잘못된 섹스에, 내가 그런 미안함, 서운함, 불편함을 느낄 필요는 없다. 내가 남자, 그리고 섹스를 좋아한다고 해서 그런 상황을 겪어야 할 이유는 세상천지 어디에도 없다.

아니다 싶을 때는 언제든지 "그만"을 외칠 수 있는 안전한 섹스야말로 여성들에게 가장 필요한 것이다. 당연히 남성들이 그것을 온전히 받아들여야만 성립하는 이야기이겠지만, 무슨 일이 있어도 양보할 수 없는 기준을 만들어간다는 점에서 우리의 "NO"는 힘을 발휘한다.

내가 온전히 즐겁기 위해서, "STOP"이라고 느낄 때 바로 "STOP"이라고 외칠 수 있는 것. 그것이 내가 여성으로서, 그리고 나로서 할 수 있는 제대로 된 행동이리라. 여성들이 더 이상 미안해서, 어색해서, 무서워서 섹스를 하는 일이 없기를.

우리, 자신이 즐거운 섹스를 하자.

To. 미래의 나

시그널 보내, 시그널 보내.

Re : 망함, 망함, 망함, 망함.

친구끼리는
섹스하는 거 아니야

ep. 01

나에게는 10년 지기, 아니 15년 지기 친구가 있다. 더 정확히 말하자면, 있었다.

그 길고 긴 세월 중에서도 그를 떠올리면, 결국 해질녘의 스쿨버스가 떠오르곤 한다. 먼지가 폴폴 일던 오래된 버스, 낯선 도시의 풍경, 그리고 헤드폰을 끼고 머리를 까딱거리던 너.

내가 10대 학창 시절을 보냈던 외국의 학교는, 비록 규모는 현저하게 작았지만 약간의 과장을 보태 영화《하이스쿨

뮤지컬》 같은 하이틴 무비 속의 이벤트가 심심찮게 일어나는 그런 곳이었다. 파자마 파티나 프롬 파티 같은 것이 시시때때로 열렸을 뿐만 아니라, 자매 학교와의 교류라는 명목 하에 스포츠 대회 같은 각종 행사가 각 학교마다 번갈아 가며 주최하곤 했다.

스포츠에 젬병이었던 나는 거의 매해 합창단 활동을 했고, 마침 그해에는 내가 살고 있던 지역에서 기차로 네댓 시간쯤 떨어진 A시의 학교에서 합창 대회가 열린 참이었다. 기차와 대절한 버스를 갈아타 가며 도착한 그곳은 우리 학교의 몇 배나 되는 규모를 자랑하는 커다란 회색빛 건물이었다. 꽤 큰 행사였던 터라 각 지역에서 온 수십 명의 학생들이 강당에 모였고, 간단한 오리엔테이션이 이루어졌다. 행사 일정에 대한 간단한 안내가 이어지는 동안 일부 학생들은 기대와 흥분을 감추지 못한 채 다른 학교의 학생들을 서로 곁눈질하며 작은 목소리로 재잘거렸다. 그에 반해 나를 포함한 몇몇 학생들은 심드렁하게 강당 바닥 한구석에 주저앉아, 한껏 지루한 표정으로 인솔 담당 선생님이 차례차례 호명하여 홈스테이 집의 학생들과 짝 지어주는 것을 기다렸다.

하지만 얼마 지나지 않아 첫 번째 위기가 찾아왔다.

홈스테이 집의 학생인 언니랑 오빠가 부 활동이 있어 늦게 가야 하니, 나 혼자 먼저 집에 가라는 것이었다. "우리 엄마가 마중 나올 거야, 걱정하지 마." 언니는 그 말만 남기고 학교로 다시 뛰어 들어갔고, 나는 언니가 알려준 4번 스쿨 버스 앞에 망연자실한 채로 서 있었다. 당시만 해도 낯을 많이 가렸던 나는, 쭈뼛쭈뼛 캐리어를 끌고 스쿨버스 계단을 올랐다.

'잘못 내리면 어쩌지, 아줌마가 안 나와 있으면 어쩌지, 엇갈리면 어쩌지…'

걱정이 태산인 채로 적당히 버스 중간쯤의 자리에 앉아 쭈그러져 있던 바로 그때, 갑자기 뒤쪽 좌석에서 굉장히 익숙한 음악이 들려왔다. 나에게는 너무 익숙해서 그 상황에서 들리는 것 자체가 너무 비현실적인 그런 노래였다. 여기서? 여기서 이 노래를? 흔들리는 동공을 애써 감추며 조심스럽게 고개를 돌리자, 큰 키에 다부진 체격을 가진 남자애가, 커다란 빨간색 헤드폰을 목에 걸고 노트북에서 흘러나오는 음악에 맞춰 고개를 까딱거리고 있었다.

그러니까… 무려 일본 애니메이션의 주제가에 맞춰서 말이다.

나의 시선을 느꼈는지, 그는 황급히 헤드폰의 단자를 노트

북에 꽂아 넣었다. 내가 시끄러워서 쳐다본다고 생각한 것 같았다. 고개를 돌리고 괜히 안절부절 입술을 깨물었다.

아아, 아닌데. 그래서 쳐다본 게 아닌데.

이미 예상했겠지만 당시의 나는… 엄청난 오타쿠였다.

어째서 그 순간 그에게 그토록 아는 척을 하고 싶었는지는 모르겠다. 아마도 동지를 만난 반가움 같은 것이었으리라. 사실 당시의 나는 학교에서 그다지 인기 있는 학생이 아니었다. 아니 솔직히 왕따에 가까웠다. 모든 오타쿠가 왕따인 것은 아니지만 어쨌든 나는 왕따였고 오타쿠였다. 그래서였을까. 나는 그에게 먼저 다가가 "그거 그 애니메이션 노래 아니야?"라고 물어볼 용기가 없었다. 예나 지금이나 매한가지지만 오타쿠, 특히 만화나 애니메이션 분야의 오타쿠에 대한 사회적 인식이 좋지 않았기에 혹시라도 그가 기분이 상할까 봐 걱정이 되었다. 애초에 그는 너무 '인싸' 같은 차림새를 하고 있어서 '아싸'였던 나는 그가 조금 무섭기도 했다. 게다가 겉으로 보기에 동양인이기는 하지만 어느 나라 사람인지도 모르고…. 물론 영어로 말을 걸면 되긴 하지만 혹시라도 말을 걸었다가 오타쿠가 아니라고 하면? 그냥 노래가 좋아서 듣고 있던 거라면? 그런 수많은 경우의 수를 상상하던 나의 작은 머리는 순식간에 그가 그의 인싸 친구들에 둘러싸여 "아까 웬 처음 보는 오타쿠 여자 애가 와서 무슨 일본 애니메이션 얘기를 하더라? X나 웃기더라. 완전 음침했어"라고 비웃는 장면에까지 도달했다. 그렇게 한참을 고민하다, 결국 나는 결심했다.

인생은 짧고, 학창 시절은 더 짧으니, 한 번쯤은 도박을 해 보기로 한 것이다.

나는 조심스럽게 가방에서 게임기를 꺼내, 다소 마니아성이 짙은 애니메이션 한 편을 재생했다. 누가 봐도 '이건 오타쿠다!' 싶은 장르의 일본 애니메이션. 버스 통로 자리에 팔을 걸쳐놓고, 은근히 뒷좌석 쪽에 보일 수 있게 자세를 잡았다. 만약 그가 오타쿠라면 어떤 식으로든 반응을 보일 것이고, 아니라면 이대로 지나갈 테니. 그렇게 파랑 머리, 핑크색 머리, 커다란 눈, 화려하고 선명한 색감의 2D 그림들이 화면 속에서 왔다 갔다 하기를 몇 분. 갑자기 누군가 버스 뒤쪽에서 성큼성큼 걸어 나와선 내 앞자리에 풀썩, 앉았다. 고개를 돌리지 않아도 알 수 있었다.

그 애였다.

그는 화면을 한 번 흘끗 쳐다보곤 내게 물었다.

"그거 '○○○' 아니에요?"

한국말이었다. 애니메이션의 자막이 한글이었던 것을 본

모양이었다.

내가 얼떨떨하게 고개를 끄덕이자, 그가 빙글 웃으며 말을 이었다.

"나도 그거 좋아하는데."

얘기를 나눠보니 그(편의상 Y라고 부르겠다)는 이 지역 학교의 학생이었고, 나이는 나랑 동갑, 학교 밴드부에서 드럼을 치는 친구였다. (나중에 안 사실이지만 그는 중학생이었던 당시 이미 180cm이라는 훤칠한 키와 나쁘지 않은 마스크, 그리고 밴드부의 드러머라는 포지션 덕분에 나름대로 국제적인(?) 인기를 누렸다고 한다. 뭐, 믿거나 말거나)

결국 덕심으로 대동단결! 그날 바로 의기투합을 한 우리는 휴대전화 번호와 메신저 아이디를 교환했다. 그리고 다음 날, 그는 나에게 자신의 다른 오타쿠 친구라며 같은 학교의 동갑인 H를 소개해줬다.

그리고 갑자기 중간 얘기를 다 뛰어넘어서 미안하지만, 얼마 후 나는 H와 사귀게 되었다.

...

사실, 괜찮은 줄 알았다.

그해 여름방학, 한국에서 모이게 된 우리는 자주 셋이서 어울렸다. 같이 밥도 먹고, 롯데월드도 가고, 노래방도 가고, 스티커 사진도 찍고…. 나와 H는 사귀고 있었고 Y도 그 사실을 알고 있었지만, 우리는 그렇게 셋이서 자주 놀았다. 솔직히 그때는 연애가 뭔지 잘 몰랐고 친구가 더 좋을 나이였기에 그랬던 것 같다. 적어도 나는 그랬다.

그러다 고등학생이 되면서 내가 먼저 한국에 들어오게 되었고, H 역시 다음 해에 귀국하게 되었다. 사실, 지금 와서 생각해보면 우습지만 H와 나는 말만 사귀고 있었다 뿐이지 실제로 만난 일은 손에 꼽았다. 외국에 있었을 때야 물리적인 거리 때문이었다고 해도, H가 한국에 들어온 후 서로의 거리가 지하철로 1시간 정도였음에도 우리는 얼굴 한 번 본 적이 없었다. 가끔 인터넷 메신저나 휴대전화 메시지로 대화하는 게 H와 내 관계의 전부였다. 나는 오히려 여전히 외국에 있는, 친구인 Y와 대화하는 일이 더 많았다.

결국 고3이 되기 얼마 전 H는 학업을 이유로 이별을 통보했고, 별 감흥도 없이 우리는 헤어졌다. 애초에 H와 사귀게 된 이유도 그가 먼저 다가왔기 때문이었으니, 나 역시 H에 대한 마음은 딱 그 정도였던 것 같다.

약 1년 후, 우리는 각자의 길로 향했다. H는 염원하던 서울의 어느 대학교에 입학했고, 나는 다른 나라로 유학을 떠났다. Y는 여전히 그곳에 있었다. H와의 연락은 끊겼지만 Y와는 여전했다. 연락은 유학 내내, 내가 어디에 있든, 그가 어디에 있든 이어졌다.

우리는 서로의 일상을 공유했다. 좋았던 일, 슬펐던 일, 화났던 일 얘기도 하고 각자의 하루에 대해 얘기했다. 여기까지는 평범한 연인의 대화처럼 보일지도 모르겠으나, 우리는 서로의 연애사도 훤히 꿰고 있었다. 나는 Y에게, Y는 나에게 각자의 첫 경험담을 서슴없이 나눴다. 첫 키스, 첫 섹스, 그 외 첫 여러 가지. 우리는 서로가 어떤 남자 친구, 어떤 여자 친구를 사귀었는지, 어떤 관계를 맺었는지, 심지어어떤 섹스를 했는지도 알고 있었다.

우리 사이에 비밀은 없었다. 적어도 나는 그런 줄 알았다.

내가 유학 생활을 마치고 돌아온 어느 여름,
그가 나에게 자신의 마음을 고백하기 전까지 말이다.

친구끼리는
섹스하는 거 아니야

ep. 02

Y와 관련하여 생생하게 기억나는 장면이 하나 있다.

목덜미와 등에 엷게 땀이 배고, 방학을 맞아 한국에 들어왔을 때였으니 아마도 본격적으로 날이 더워지기 시작한 어느 여름날이었을 것이다. 장소는 명동의 거리가 내려다보이는 어느 프랜차이즈 카페.

어째서인지 모르겠지만, 그날은 유난히 그의 기분이 나빠 보였다. 만나던 순간부터 틱틱 대는 말투하며 "커피, 네가 사" 하고서는 냉큼 자리로 가버리는 싸가지까지. 쟤가 오늘따라 왜 저래? 어이가 없었지만 어쨌거나 오랜만에 보는 거니까 참자, 고 생각하며 아이스 아메리카노 한 잔과 레모네이드 한 잔을 들고 그의 옆에 가서 앉았다. 평소에는 주절주절 말이 많던 새끼… 아니 애가 그날따라 말이 별로 없었다. 내가 이런저런 신변잡기 질문을 던지면 그제야 대답을 하는 정도. 근데 이 자식이 갑자기, 아이스 아메리카노를 원샷 하더니 "탕!" 하고 컵을 테이블 위에 내리치듯 내려놓는 게 아닌가? 너 이 새끼 어디서 배워먹은 버르장머리야?

짜증이 나서 한소리를 하려던 순간, 이 자식이 갑자기 묻지도 않은 자신의 여자 친구 얘기를 주저리주저리 늘어놓기 시작했다. 갑자기? 근데 그 얘기라는 게, 연하의 여자 친구께서 있는 집 딸이라 돈도 많고, 너무 귀엽고, 자기만 바라보고, 속궁합도 잘 맞는다고, 행복해 죽겠다는 뭐 그런 거였다. 아 예 뭐, 좋으시겠어요. 근데 그렇게 즐거운 얘기를 하는데 왜 표정은 썩어 있냐? 하지만 뭐라 물어볼 새도 없이 Y는 자기 말을 끝마치자마자 벌떡 일어나더니, "나 간다"라고 하곤 카페 밖으로 나가버렸다. 저 새끼가 진짜 오늘 왜 저래? 당황한 나는 황급히 트레이를 카운터에 가져다 놓고 여전히 한 잔 가득 차 있는 레모네이드를 들고 그의 뒤를 쫓았다.

때는 2010년대 초, 역병이 창궐한 지금에는 상상도 못할 광경이지만 당시의 명동은 정말, 정말, 정말 상상을 초월할 만큼 많은 사람들로 가득 차 있었다. 심지어 그때는 한류 열풍으로 외국인 관광객이 특히 더 많이 몰려들 때였고, 더군다나 그날은 주말이었다. 인파에 떠밀려 앞으로 한 발자국도 제대로 나아가지 못하는 나와 달리 그는 큰 키와 월등한 피지컬로 사람들을 마구 헤치며 앞으로 나아가고 있었다. 방향을 보니 전철역으로 향하는 듯했다. 나는 Y를 놓치지 않기 위해 다급하게 그의 팔을 붙잡았다.

"야 좀 천천히…!"

탁.

무슨 일이 있었는지 알아채기까지 약간의 시간이 필요했다. 그의 팔을 붙잡고 있던 내 팔이 형편없이 허공에 떠 있었다. 그리고 한 발자국쯤 더 떨어진 곳에 그는 멈춰선 채로, 내게 눈을 흘기고 있었다.

Y가 내 팔을 뿌리친 것이었다.

어안이 벙벙한 채로 밀려오는 사람들 사이에 서 있으니, 그가 말했다.

"함부로 잡지 마."

그러고 그는, 사람들로 이루어진 파도 속으로 사라졌다.

...

그리고 돌고 돌아 몇 년 후. 사실 명동에서의 그날 이후로
그와 어떤 관계로 지냈는지는 정확히 기억이 나지 않는다.
다만 몇 달 후 그는 군에 입대했고, 종종, 아니 꽤 자주 싸
지방*에 왔다며 나에게 페이스북 메시지를 보냈다. 마치 명
동에서의 그 일은 없던 일이라는 듯, 아무렇지 않게.

"넌 무슨 군인이 그렇게 시간이 많냐?" 내가 볼멘소리로
대답하니 그는 원래 이런 건 요령껏 하는 거라며 너스레
를 떨었다. 새끼, 아저씨 다 됐네. 가끔 수신자 부담 전화
가 오기도 했는데, 솔직히 전화 요금 아까워서 잘 안 받아
줬다. (지금 와서 말하지만, 이것만큼은 진짜 미안하다) 그러다 가
끔 전화를 받으면 그는 조잘조잘 군대에서 있었던 일을 한
참 동안 얘기하다가, 마지막에는 면회 좀 오라고 툴툴거렸
다. H(내 전 남자 친구였던 바로 그 H)는 면회를 왔는데 왜 너

---

* 싸지방: '사이버 지식 정보방'의 줄임말. 부대 내에서 현역병이 컴퓨터를 이용할 수 있게
만들어 놓은 일종의 PC방이다.

는 안 오냐고, 섭섭하다고 말이다. 하지만 나는 그때 막 새로운 직장에 취직을 한 참이었고, 주말에는 새로 사귄 남자친구와 만나느라 바빴다. "알았어, 갈게, 갈게. 치킨 사 들고 갈게." 하지만 결국 그가 전역하던 날까지 나는 한 번도 그의 면회를 가지 않았다. 하지만 휴가 때는 가끔 만났다. 그렇게 그가 전역했을 때 무렵, 나는 이미 두 번의 연애를 마친 상태였다.

그리고 몇 달 후, 겨울로 넘어가던 어느 쌀쌀했던 가을날 그는 내게 자신의 마음을 고백해왔다. 좋아한다고, 좋아해왔다고, 쭉 좋아했었다고.

그때 내가 가장 처음 느낀 감정은, '배신감'이었다.

...

사실, 그의 마음을 전혀 눈치 못 챘다면 그것은 새빨간 거짓말일 것이다. 아무리 내가 눈치코치를 개밥에 쌈 싸 먹었어도 그렇지, 그가 나를 이성으로 좋아한다는 사실을 모를 만큼 바보천치는 아니었다. 그렇지만 나는 애써 그것을 외면해왔다. 그의 외모가 마음에 안 들었다거나, 그가 매력이 없던 것은 결코 아니었다. 다시 말하지만 그는 꽤 수려한 외모를 가지고 있었고, 군대를 다녀오기 전부터 몸도 좋았다. 무엇보다 나와 성격이 너무 잘 맞았다. 둘 다 더 이상 애니메이션을 보지는 않았지만 그것 말고도 가치관이랄지, 취향이랄지, 함께 이야기하면 티키타카가 잘 맞아 즐거운 것들이 매우 많았다. 하지만… 그것을 이성적인 매력으로 느끼기에는, 이미 너무 많은 시간이 흐른 후였다. 햇수로만 자그마치 10년이었다. 10년이면 강산도 변하는 시간이라는데, 너랑 나는 쭉 친구였잖아. 그런데 왜, 왜 이제 와서 그 관계를 바꾸려고 해? 그럼 그동안 우리가 친구였던 건 뭐였는데? 나만 그랬던 거야?

그는 더듬더듬, 예의 그 낮은 목소리로 말을 이었다.

10년 전, 너를 학교에서 처음 만났을 때부터 좋아했다고. 근데 내가 소개해준 친구 H가 홀라당 너랑 사귀어버리는 걸 보고 얼마나 속이 뒤집어졌는지 아냐고. 그래도 너랑 만나고 싶어서 눈치 없는 척 너네 데이트에 끼어든 거라고. 네가 유학을 가 있을 때도, 내가 군대에 가 있을 때도 네 생각만 났다고. 네가 다른 남자를 만나고, 내가 다른 여자를 만나도, 너만 좋아했다고.

그의 마음은 확고한 듯 보였다. 좋아한다고. 그러니 우리 이제 친구 그만하자고. 사귀자고.

나는 필사적으로 그를 설득했다.

꼭 사귀어야만 하냐, 만약 우리가 사귀다 안 맞아서 헤어지면 다시 친구로 돌아갈 수도 없지 않으냐, 그럼 우리가 친구로 지냈던 시간은? 10년은 어떻게 되는 건데? 네가 여자친구를 사귄 지도 오래됐고 군대 막 전역해서 눈에 뵈는 게 없어서 그렇다, 시간을 줄 테니 잘 생각해봐라.

하지만 그는 막무가내였다.

마음을 고백한 이상 다시 돌아갈 수 없다는 듯, 그는 고삐 풀린 망아지, 아니 폭주 기관차처럼 가열차게 들이대기 시작했다. 시도 때도 없는 애정 공세가 이어졌고, 이미 남자친구라도 된 듯 다정하게 나의 안부를 챙기기 시작했다. 그가 다가오면 다가올수록, 그동안 쭉 그의 마음을 무시해왔던 내가 비겁한 사람이 된 것만 같아서 마음이 무거워졌다. 정말 이래도 괜찮은 걸까? 어차피 친구 사이로 다시 돌아가긴 그른 것 같은데…. 아니지, 그래도 우리 친구로 잘 지냈으니까, 이대로 연인이 되어도 괜찮지 않을까? 안 헤어지면 되는 거잖아. 혹시 알아? 우리가 친구로서 그러려고 했던 것처럼, 이대로 백년해로(?)할지. 마침 나도 애인이 없었고….

그렇게 나도 흔들렸다.

결국 우리는 이미 완연한 겨울이 된 어느 날, 옛날 영화를
본다는 핑계로 그의 자취방으로 향했고, 영화를 보다 말고
섹스를 했다. 그리고 섹스를 마치고 집에 돌아오는 지하철
안에서, 나는 고꾸라지듯 이마를 무릎에 박고 생각했다.

씨발, 좆 됐다.

친구끼리는
섹스하는 거 아니야

ep. 03

                결론부터 말하자면, 섹스가 별로여도 너무 별로였다.

피지컬이나 속궁합의 문제가 아니었다.

우리 사이에는 케미(chemistry)가 없었다. 아니, Y는 어땠을지 모르겠지만 적어도 나는 그에게 요만큼의 성적 긴장감도 느낄 수 없었다. 키스를 시작할 때만 해도 아주 약간은 있었던 것 같은 흥분이, 본격적인 섹스를 시작하자마자 사라져버렸다. 오히려 그가 내 안에 밀려 들어오자 모종의 불쾌함마저 느껴졌다. 도덕적으로 해서는 안 되는 짓을 하고 있는 것 같은 끔찍한 기분. 하지만 그런 나와는 달리 그는 황홀경에 빠진 듯했다. 결국 나는 눈을 감고 기계적으로 신음을 뱉으며 어서 이 행위가 끝나기만을 빌었다.

다행히도(?) 그는 긴장을 한 것인지 섹스는 말 그대로 싱겁게 끝나버렸고, 나는 급한 일이 생각났다며 황급히 옷을 주워 입고 그의 집에서 도망치듯 빠져나왔다. 온몸이 찝찝했다. 얼른 집에 가서 씻고 싶었다. '대체 언제쯤 집에 도착할까? 몇 정거장 남았지?' 하고 무릎에 처박고 있던 고개를 드는 순간, 흠칫, 온몸에 소름이 돋았다. 내 몸에서 그의 향기가 났다. Y의 향수 냄새가 내 몸에서 나고 있었다. 나는 절망한 채로 두 손으로 머리를 감싸 안았다. 머릿속이 너무 혼란스러웠다.

내가 지금 대체 무슨 짓을 한 거지? 내가 대체 누구랑, 섹스를 한 거지?

집에 들어서자마자 황급히 샤워를 하고 나오니, 휴대전화에는 그로부터 잘 들어갔냐는 메시지가 와 있었다. 나는 잘 들어왔다는 짧은 메시지만 남기고, 덜 마른 머리 위에 수건을 둘둘 감은 채 침대 위에 널브러졌다. 정말이지 어이없지만 갑자기 눈물이 났다. 나 어떻게 해, 씨발.

나는 그때까지, 단 한 번도 그렇게 맹숭맹숭한 섹스를 경험해본 적이 없었다.

연애 관계가 어떻든 무조건 섹스는 즐겁게 하자는 것이 나의 철학이라면 철학이었다. 하지만 Y와의 섹스는 정말이지 아무것도 느껴지지 않았다. 뭔가 그, 텐션이 없었다. 원래 첫 섹스라면 모름지기 서로를 탐색하고, 탐하고, 그런 팽팽한 긴장감으로 이루어져 있어야 하는 것 아닌가? 근데 정말이지 분위기 널널하기가 뭐랄까, 다 늘어난 빤스 고무줄 같다고 할까. 적어도 내가 느끼기에는 그랬다. 아, 생각해보니 나는 그동안 Y를 다른 친구들에게 소개할 때 "한 이불 덮어도 아무 일 없을 사이"라고 말해오지 않았던가. 그런 수식어를 붙였던 사람에게 갑자기 섹시함을 느끼라니, 정말 말도 안 되지.

하지만 그런 나와는 달리, 그는 너무도 즐거워 보였다.

너 너무 섹시해. 너무 좋아, 헉헉. 좋아?

도대체 저 새끼는 그동안 어떤 섹스를 해왔던 거야? 저 녀석의 전 여자 친구들은 정말로 저런 섹스로 만족한 건가? 혹시 나만 이런가? 한참 동안 고민을 하던 나는, 결국 드라이기로 머리카락을 말리면서 나름대로의 결론을 내렸다.

그래, 첫 섹스가 만족스럽지 않은 경우도 종종 있다고 했어. 그동안 내가 운이 좋았던 건지도 몰라. 내가 아직 쟤한 테 익숙하지 않아서 그런 걸 거야, 그래, 10년 가까이 친구로 지냈는데 어떻게 저 새끼가 갑자기 남자로 보이겠어. 하다 보면 괜찮아지겠지.

그럴 리가.

두 번째 섹스는, 신촌의 어느 모텔에서였다.

장소가 바뀌었다고 해서 달라진 것은 없었다. 나는 최대한 섹시함을 느끼기 위해 일부러 욕조 있는 방을 골라 거품 목욕까지 감행했다. 미끌거리는 비누거품 위로 야한 농담을 해가며 서로를 애무하자, 따끈한 월풀 욕조 덕분에 몸이 후끈 달아올랐다. 하지만 막상 섹스를 시작하니 첫 번째와 마찬가지로 밋밋하기가 그지없었다.

혹시나 장소가 문제인가 싶어 내가 모텔이 싫다고 하자 그는 서울 시내에 있는 어느 5성급 호텔을 예약했다. 그곳에서도 섹스를 시작하기 전 혹시 술에 취하면 좀 나을까 싶어 웰컴 기프트였던 와인을 거의 다 입에 털어 넣고 Y를 향해 돌격했다. 하지만 안 됐다. 되지 않았다. 그건 안 되는 거였다. 뭐랄까, 그냥 물 먹은 솜이불이랑 섹스를 해도 이것보다는 섹시하겠다 싶은 그런 섹스였다.

나는 정말 혼란스러웠다, 대체 이게 뭐지? 어떻게 섹스가 이렇게 재미없을 수가 있지? 원래 섹스라는 게 이런 거였나? 이렇게 아무 느낌도 안 나는 거였나? 야, 이 새끼야, 너 섹스 잘한다며. 네가 그때 사귀었던 여자 친구랑 했는데 걔가 아주 뿅 갔다며. 손가락을 이렇게, 허리를 저렇게 했더니 여자 친구가 너무 좋아 죽더라며. 근데 나한테는 왜 이 모양인데? 왜 아무 느낌도 안 나는데? 그 여자 친구들이 정말 좋아했던 것 맞아? 물음표 백만 개가 뒤엉켜 혼돈의 카오스에 빠진 나와는 달리, 그는 나와의 섹스에 정말로 만족한 것 같았다. 섹스가 끝난 후 그의 얼굴에 걸린 그 뿌듯한 미소라니. 그 얼굴을 보니, 한 대 갈겨주고 싶은 것과는 별개로 도저히 입이 떨어지지 않았다. "야, 너 섹스 존나 별로야"라고, 그때 말했어야 했는데. 그럼 뭔가 바뀌었을까? 그런 나의 고뇌를 아는지 모르는지, 섹스를 했으니 완전히 공인된 사이가 되었다고 생각했는지 그는 주변 사람들에게 나를 여자 친구인 양 소개하기 시작했다. 그때마다 나는 떨떠름하게 "아, 네. 뭐, 오랫동안 친구로 지냈어요"라고 대답했다. "10년 친구요? 와, 대단하네. 근데 지금은 사귀는 거예요?" 그의 친구들로부터 그런 질문을 받으면 말을 삼켰다. 혹시라도 입을 조금만 더 열었다간, '맞아요. 그 전까지는 이 새끼랑 키스랑 섹스 빼고는 다 했었는데, 안 했을 때가 제일 좋았던 것 같아요'라고 말해버릴 것 같았다.

차마 그를 밀어내지도, 받아들이지도 못한 애매한 상태에 진절머리가 났다. 하지만 다행히도(?) 그는 곧 유학을 갈 예정이었고, 그가 떠나는 날짜가 하루하루 다가오고 있었다. 옛 현자님들의 말씀처럼 몸이 멀어지면 그의 맘도 멀어지지 않을까 하고, 그때는 정말이지 그것만이 나의 유일한 희망이었다. 그러니까 조금만 더 참자, 라고 생각했다. 아, 누구보다도 편했던 그를 이제는 참아야 하는 꼴이라니.

며칠 뒤 그는 정말로 떠났다. 나는 공항에서 그를 배웅했다. 그리고 그것이 그와의 마지막이었다. 정확히는, 그것이 우리의 마지막 만남이었다.

그는 유학 간 그곳에서도, 나를 한국에 두고 온 여자 친구라며 동네방네 소개를 하고 다녔다. 바탕화면도 내 사진, 휴대전화 배경화면도 내 사진….

언제 이쪽으로 올래? 나랑 있자, 나랑 살자.

하지만 그가 그러면 그럴수록, 나는 서서히 그로부터 멀어졌다. 연락도 받지 않고, 메시지에 답장도 늦게 하고….

나는 왜 그렇게 소극적이고 수동적인 방식으로 거리를 두길 택했을까? 뭐라고 딱 정의하기는 어렵지만, 그때의 나는 그와의 관계가 끝나는 것이 두려웠다. 친구인 그가 상처받는 것이 싫었다. 그래도 친구로 지낸 게 10년인데, 애인인 상태로는 두어 달도 제대로 버틸 수 없다는 사실이 못내 안타깝고 화가 나기도 했다. 그리고 그 긴 인연을 먼저 끊어낸 쌍년이 되고 싶지 않았다. 어쨌거나 결론적으로는 쌍년이 되고 말았지만 말이다.

···

"나 이제 나 좋아하는 여자 만나고 싶어."
그날도 여름이었다. 한낮의 해가 내리쬐는 한남동 한복판에서 나는 그 문자를 받았다. 어딜 가고 있었는지, 누구와 함께 있었는지, 왜 거기 있었는지는 도저히 모르겠지만 그 문자만큼은 선명하게 기억한다. 그가 유학을 떠난 지는 이미 몇 달이 지났고, 나의 노골적인 연락두절로 그의 연락도 한참 뜸해져 있을 때였다. 나는 그 어느 때보다도 빠르게 답했다. 마치 기다렸던 것처럼.
"누굴 만나건 그건 네 자유지."
그래, 네 멋대로 혼자서 북 치고 장구 치고 다 하더니. 이제야 떠나가는구나. 축하한다. 행복해라.

근데… 고작 사흘 만에 럽스타그램을 올리는 건 좀 그렇지 않냐?

딱히 아쉽지는 않았다. 어차피 그가 떠난 후 얼마 지나지 않아 모임에서 만나 알게 된 사람과 이미 사귀고 있었기 때문이다. 하지만 뭐랄까, 좀 괘씸했다. 그가 내가 아닌 다른 여자를 만나기 때문에? 아니. 겨우 그런 게 아니라… 섭섭했다. 옛날이었다면 그런 얘기는 내가 제일 먼저 들었을 텐데.

내가 이기적이라는 것은 알고 있다. 하지만, 그래도 사흘 만에 공표를 할 정도의 사이면 이미 한참 전부터 썸을 탔다는 건데. 그럼 내가 '어떤 애냐', '언제 고백할 거냐', '어우 미친놈, 그렇게 좋아?' 그런 얘기도 얼마든지 나눴을 텐데. 지난 10년 동안 해왔던 바로 그걸 못 한 것이, 그리고 앞으로도 못 할 것이라는 사실에 화가 났다. 그때 왜 섹스를 해서. 왜 네가 고백을 해서. 짜증 나. 나쁜 새끼. 섹스도 더럽게 못하는 게.

이것도 벌써 몇 년 전의 일이고, Y와는 연락이 끊긴 지금 외려 그때 Y가 소개해준 친구들과는 더욱 돈독한 사이가 되어 그들을 통해 종종 Y의 안부를 전해 듣는다. 그는 여전히 그때의 여자 친구와 잘 사귀고 있는 모양이다. 그래. 네가 좋으면 됐지. 그나저나 섹스는 좀 늘었니? 부디 네 지금 여자 친구는 너와의 섹스에 만족하길 빈다.

나는 가끔, 내가 그때 좀 더 완강하게 그를 밀어냈더라면, 하는 상상을 한다. 계속 그의 마음을 모른 척하고, 불도저처럼 밀고 들어오는 그에게 휘말리지 않고, 순간의 성욕에 넘어가지 않고, 끔찍했던 섹스를 참지 않고 말했더라면. 너와의 섹스가 즐겁지 않다고, 너와 나눈 키스가 거북하다고, 네가 나를 애인으로 대하는 게 정말 불편하다고, 그러니 우리는 연인으로는 맞지 않고 친구가 딱이라고. 그때 일찍이 얘기했더라면 나는 10년 지기 친구를 잃지 않았을까? 잘 모르겠다. 적어도 내가 아는 그라면…. 음, 모르겠다. 사실 모르겠다. 그런 그는 본 일이 없다. 솔직히, 보고 싶지 않다.

...

지금 와서 생각해보면, 깨진 우정 위에 쌓아 올린 연인 관계가 얼마나 오래갈 것이라고 생각했는지 모르겠다. 애초에 우리 사이에 우정이라는 게 존재하기는 했을까? 그의 고백대로, 10년이라는 세월 동안 그는 나를 연애 대상으로

만 보고 있었던 걸까? 나와 그 사이에, 우리가 친구였다는 믿음은 애초부터 없었던 건 아닐까? 그 생각을 하면 못내 속이 쓰리다.

친구로서의 내가 몰랐던 그의 모습을 이렇게 알고 싶지는 않았다. 이래서 한 사람을 가장 빠른 시일 내에 깊게 파악할 수 있는 방법이 연애라고 하는 건가. 사실 곰곰이 생각해보면 이미 알고 있었는지도 모른다. 단지 그 대상이 내가 아니었으니까, 굳이 알려고 하지 않았을 뿐인 건지도. 그 역시 똑같이 생각했을지도 모르지. 친구가 아닌 연인으로서의 나는 지독히도 이기적이고, 변덕스럽고, 마음이 식는 순간 더없이 쌀쌀맞다고 말이다. 근데 그 역시 모르지는 않았을 거라고 생각한다. 지난 10년 동안 내 연애는 항상 그래왔는걸. 그건 누구보다 네가 제일 잘 알잖아. 그냥 자신은 예외일 거라고 생각했던 거겠지, 다른 남자들이 그랬던 것처럼.

언젠가 시간이 한참 지나 혹시라도 그를 다시 만난다면, 정말로 그에게 묻고 싶다. 너는 나와 10년 동안 친구로 지냈을 때가 더 좋았니, 아니면 나와 유사 연애를 한 두어 달이 더 좋았니? 만약 지금처럼 관계가 끊길 거란 사실을 알았더라도 너는 시간을 돌려 그때로 돌아간다면, 똑같은 선택을 할 거니? 너는 친구로서의 내가 더 좋았니, 여자 친구라고 믿었던 내가 더 좋았니? 그래, 네가 어떤 선택을 하든 나는 그때로 돌아간다면, 너에게 꼭 말할 거야.

친구끼리는 섹스하는 거 아니라고.

아무리 그놈이 그놈이라지만

이놈은 진짜 아니다.

풋.

5장

연애라는 이름의 농담

외로움의 바다를 떠도는
한 마리의 해파리처럼

"너는 뭐가 그렇게 항상 외로워?"

그는 이따금 내게 묻곤 했다. 그럼 나는 어색하게 웃으며, 물음에 물음으로 답했다.

"너는 외롭지 않아?"

그렇게 물으면, 그는 활짝 웃으며 대답했다.

"네가 있는데, 내가 왜 외로워."

그럼 나는, 숨이 턱 막혔다.

...

사실 나는 그때까지 외로움, 그것에 대해 누군가에게 설명
해야 할 필요가 있다고 생각조차 하지 못하고 있었다. 그건
마치, 태어나서 한 번도 바다를 본 적이 없는 사람에게 바
다를 설명하는 것과 같다고 할까.

세상에는 말이야, 지구의 70%를 차지하고 있을 만큼 넓고,
끝도 없이 펼쳐진 물의 광야가 있대. 그 가장자리에는 파도
라는 이름의 하얀 거품이 일고, 맛은 눈물만큼 짠데, 깊이
는 또 너무 깊어서 아직까지 그 누구도 그 끝까지 도달해
본 적이 없대. 깊숙이 내려가면 내려갈수록 산소도 줄어들
고, 빛도 없어지고…. 그러다 결국 압력에 와그작, 구겨져
버리고 만다는 거야. 그런데 그 속에서도 살아 있는 생물이
있다지 뭐야. 비록 그 수도 육지의 1/5밖에 안되고, 모양도
엄청 괴상하지만.

그럼 너는 그렇게 말하지 않을까. "그게 뭐야, 그런 게 어디
있어"라고.

근데, 있는걸. 그게 내가 가진 외로움인걸.

그러던 그가 어느 날, 내게 말했다.

"너는 사람을 참 외롭게 만들어"라고.

그는 내게 물었다. 나만으로는 안 되냐고. 그리고 말했다. 너의 외로움을 전부 채워줄 수 없다는 사실이 힘들다고. 슬프다고. 그리고 버겁다고. 그래서 외롭다고.

...

하지만 그 당시에는, 나조차도 어떻게 할 도리가 없었다. 나 자신의 외로움에 대해 상대에게 설명하는 방법을 몰랐다. 그 깊은 고독에 대해, 내 안의 한구석도 아닌 한가운데 뚫린 구멍이 있고, 그 아래 깊숙이 자리한 바다가 있다는 것을 어떻게 설명해야 할지를 몰랐다. 다행히, 혹은 안타깝게도 나는 꽤 소질이 있는 연기자였고, 나의 뿌리 깊은 외로움이 그를 통해 모두 충족된 척하곤 했다. 그를 위해.

내가 그렇게 행동했던 것은 어찌 보면 그의 관심과 사랑에 응해주지 못했다는 죄책감에 가까웠다. 나조차도 어떻게 할 수 없는 외로움을 메워주려 노력하는 연인이 있는데, 그것을 끝없이 빨아들이기만 한다는 사실이 못내 미안했던 것도 같다.

그때는 내가 틀렸다고 생각했다.

하지만 명제 자체가 다른 것일 뿐이었다는 것을 이제는 알고 있다.

단지 외로움을 채워주고 말고의 문제가 아니라, 내 수용의 문제였다는 것을.

...

언젠가 어느 책에서, '어른으로서 자립을 한다는 건 의지할 수 있는 곳을 여러 곳으로 늘려 각각에 대한 의존도를 분산하는 것'이라는 내용을 읽고 나도 모르게 허벅지를 탁친 기억이 난다.

특히나 나와 같이 창작자라는 정체성을 가진 이라면, 원하든 원하지 않든 늘 불특정 다수, 즉 대중으로부터의 인정을 어쩔 수 없이 갈구할 수밖에 없다. 대신 살과 살을 맞대는 데에서 오는 친밀한 연결은 연인 한 명에게서 받는 것만으로 충분하다.

허나 한때는 그 차이를 차마 깨닫지 못해서 외려 연애 감정을 이용했던 시기가 있었다. 말하자면 불특정 다수, 즉 대중의 이목을 끌고 싶은 인정 욕구와 육체적 욕구를 혼동했던 것이다. 그래서일까, 지금 생각해보면 20대의 나는 연애 또는 섹스라는 행위 그 자체보다, 누군가 나를 섹슈얼하게 바라보고 관심을 표한다는 사실에 더 큰 만족을 얻었던 것 같다. 그렇게 하면 누군가로부터 나의 존재 가치를 인정받은 것만 같은 착각이 들었다. 하지만 얕은 관심은 얕은 만족만을 불러올 뿐이라, 더 많은 사람들로부터 충족되기를 바라는 마음에 여러 명을 동시에 만나는 등 문어발을 걸치거나 바람을 피우곤 했던 것 같다. 하지만 창작을 하게 된 이후부터, 대중으로부터 오는 관심으로 채우는 방법을 안 후로는 더 이상 그런 의미 없는 연결에 힘을 쏟지 않게 되었다.

...

나처럼 극단적인 경우가 아니더라도, 결국 사람들은 모두 넓은 의미의 관종*이라고 생각한다. 애초에 인간은 사회적 동물이고, 타인의 관심을 중요하게 여기도록 진화해온 생물이니까.

다만 그 고독을 아주 소수의 사람만으로도 충족할 수 있는

---

* 관종 : 관심종자의 줄임말. 일부러 특이한 행동을 해서 다른 사람들에게 관심을 받는 것을 즐기는 사람을 속되게 이르는 말. 현대에는 '타인으로부터 관심을 받고자 하는 사람'을 통칭하는 단어로 쓰이고 있다.

사람이 있고, 외려 그런 깊은 관심을 부담스럽게 여기는 사람도 있을 것이다. 혹은 다수로부터 오는 인기만을 가치 있다고 여기는 사람도 있을 것이고 반대로 그런 것을 의미 없다 생각하는 사람도 있을 것이다. 그럼에도 불구하고, 여전히 인간은 각자의 방식으로 외롭다.

나 역시, 그 당시 그의 외로움을 온전히 수용할 수 없던 것에 대해서는 미안하게 생각한다. 그리고 그가 나의 외로움을 받아주고 싶어 했음에도 그에 전력으로 응해주지 못한 것 역시 유감이라 생각한다. 하지만 나는 이제, 나의 고독을 타인이 전부 채워줄 수 없다는 사실을 알고 있다.

그래서 더 이상 상대가 나의 외로움을 이해해주길 바라지는 않는다. 다만 서로의 외로움을 인정하고, 각자의 페이스로, 각자의 방법으로 충족할 수 있도록 한다면, 그리고 그 과정에서 도움을 줄 수 있다면 가장 이상적이라고 생각한다. 그저 바다 위를 부유하는 해파리처럼, 서로의 외로움을 거스르지 않고 마음 속 해류를 따라 함께 이동하고 싶다.

...

마지막으로 그는 내게 물었다.

자신을 사랑했느냐고.

나는 대답했다.

사랑했다고.

우리는 외롭지만, 사랑을 한 거라고.

관계에 있어 대부분의 문제는
믿을 사람을 잘못 골라서 생긴다.
연애도 마찬가지다.

숯 같은 연애를
꿈꾸고 있습니다

숯에 불을 붙여본 적 있는가? 번개탄이나 토치 없이 말이다.

먼저, 종이뭉치에 불을 붙인다. 이 경우에는 종이가 좀 많이 필요하다. 종이에 불이 붙으면, 그 위에 종이나 작은 나뭇가지를 조금씩 얹는다. 불이 조금 커지면, 그 위에 재빨리 숯을 얹는다. 그럼 그때부터가 시작이다. 숯에 종이의 불이 옮겨붙을 때까지 부채질을 하며 조금씩 불을 키운다. 입바람을 불어도 되지만, 그 경우에는 눈이 좀 매울 수 있

다. 그렇게 천천히 부채질을 하다 보면, 어느새 숯의 한쪽
이 빨갛게 달아오른다. 하지만 아직 끝이 아니다. 숯 전체
가 다 빨개져야 한다. 그 과정에서 종이 불씨가 꺼질 수도
있고, 아예 숯에 불이 옮겨붙지 않을 수도 있다. 온몸에 검
댕이 묻거나 온 얼굴이 벌겋게 익기도 한다. 그래서 캠핑
같은 데에서도 불을 피우는 작업이 가장 고역이다. 하지만
일단 한번 붙기만 하면, 두세 시간은 거뜬히 간다. 마른 장
작이 30분 만에 타서 없어지는 걸 생각해본다면 꽤나 긴
시간이다.

나는 언제나 그런 연애를 꿈꿨다. 숯처럼 오래오래, 길게
타고 싶었다.

하지만 나의 연애는 단 한 번도 길게 이어진 적이 없다. 물
론 그것은 언제나 떠돌며 살아왔던 나의 과거 때문일 수도
있다. 길게는 1년, 짧게는 6개월 단위로 이곳저곳, 나는 언
제나 부유하는 중이었다. 그것이 여행이던, 유학이든, 이사
든, 나는 항상 어딘가를 떠돌아다니고 있었다. 때문에 나는
누군가가 마음에 들면, 그를 천천히 알아가기보다는 우선
연애를 시작하는 쪽을 택했다. 언제 떠날지 모르니, 그렇게
느긋하게 알아갈 시간 따위는 없다고, 연애하면서 알아가
면 된다고, 그렇게 조급하게 생각했던 것 같다. 그래서 나

는 언제나 번개탄같이 연애에 빠졌고, 활활 타는 마른 장작처럼 사랑했으며, 하얗게 재가 되어 헤어졌다. 한국에 반쯤(?) 정착한 지금도 마찬가지이다. 다만 이제는 그런 물리적인 분리가 없다 보니, 오히려 감정적인 분리가 이루어지는 것 같다. 버릇이라는 게 참 무섭지.

친구에게는 그러지 않았는데, 왜 연인에게는 그렇게 느긋하지 못했던 걸까?

그래서일까, 나는 그동안 남자 친구와 말싸움을 할 만한 상황이 되어도, 싸우지 않는 쪽을 택했다. 괜한 감정 낭비는 피하고 싶었기 때문이다. 뭐 하러 싸워, 어차피 헤어질 텐데.

사실 생각해보면, 나는 지금까지의 남자 친구들을 마음속 깊이 신뢰한 적이 없었던 것 같다. 물리적인 거리가 조금만 멀어져도, 만나지 못해도, 그것을 이해해주리라 애초에 바라지도 않았다. 그래서 나의 여행에, 나의 떠돌이 생활에 그들이 나와 함께하지 못한다고 해서 아쉬워하지도 않았다. 내가 그렇게 훌쩍 떠날 수 있었던 이유는 내가 그들을 믿지 않았기 때문일 것이다. 멀리 떨어진 후에도 이 감정이 계속 유지될 거라, 서로를 사랑할 수 있으리라 생각하지 않았다. 그것은 당시 사귀었던 사람들도 마찬가지라고 생각한다. 그렇지 않았다면, 내가 어딘가를 가려 할 때마다 그토록 기를 쓰며 따라오려 하거나, 가지 못하도록 막지는 않았을 테니.

숯은 나무를 태워, 불완전 연소된 후 탄화되어 만들어진다고 한다. 무른 나무는 타서 없어지지만 단단한 나무는 숯이 된다. 사랑도 마찬가지라고 생각한다. 가벼운 마음은 금방 타서 사라진다. 하지만 무겁고 단단한 것에 불을 붙이면, 쓸데없는 의심, 잡념, 조급함을 태워 없애고 나면 그 안에는 온전한 사랑만이 남는다.
나는 그런 사랑을 원한다. 그런 온전한 형태로 오랜 시간을 거쳐, 서로를 신뢰할 수 있는 관계 말이다.
그래서 이 다음 연애는 좀 천천히 다가가보려고 한다. 적당한 거리를 유지하면서, 상대가 나에게 익숙해지고, 내가 상대에게 익숙해지고, 종이의 불씨가 숯에 옮겨붙듯, 천천히 붉게 달아오른 숯 역시 언젠가는 재가 된다 하더라도, 그 느긋함을, 그 여유를 즐겨보기로 한다.

나는, 숯 같은 연애를 하려 한다.

비혼주의자는
아닙니다만!

"작가님은 그럼 비혼주의자이
신가요?"

페미니즘 열풍이 한바탕 불고 난 후, 귀에 딱지가 앉도록
들었던 질문. 때로는 조롱이 섞여 있을 때도 있었고, 검증
을 위한 수단이기도 했으며, 어떨 때는 걱정의 의미를 담고
있기도 했다. 하지만 그럴 때마다 나의 대답은 같았다.

나는 늘, 결혼이 하고 싶었다고.

그리고 그 마음은 지금도 변하지 않았다고.

물론, 나 역시 가부장제 그 자체에 대해서는 깊은 회의감을 품고 있고, 결혼이라는 제도 자체가 여성에게 매우 불리하다는 사실을 절대 부정하고 싶지 않다. 아니, 오히려 더욱 적극적으로 그 문제에 대해 언급하고 싶고, 유난을 떨어서라도 인식 개선이 되기를 바라며, 가능한 한 무리해서라도 최대한 합리적으로 바꾸고 싶다. 결혼한 여성이 누군가의 아내나 엄마가 아닌, '나'로 살 수 있도록 함께 힘을 내야 하고, 목소리를 내야 한다고 생각한다. 굳이 그렇게까지 해야 하냐고, 왜 그렇게 피곤하게 살아야 하냐고 묻는 이가 있을지도 모르겠지만 원래 여자로 살아간다는 것 자체가 하루하루의 투쟁이 모여 만들어낸 증명의 역사 아니던가. 그런 의미에서 나는 현대의 기혼 여성들을 진심으로 대단하다고 생각하고, 어떤 의미로는 부럽기까지 하다.

앗, 그렇다고 해서 오해는 말기를. 내가 부러운 것은 결혼했다는 그 사실 자체가 아니라 평생을 함께할 만큼의 믿음이 있고, 의지가 되는 파트너를 만났다는 것에 대한 동경에 가까우니까. 물론 지구상의 모든 기혼 커플이 그런 마음으로 결혼을 한 것은 아닐 것이고, 설사 그런 생각으로 결혼했더라도 세상 일이 그렇게 맘대로 흘러가지는 않으니 이혼 변호사가 존재하는 것이겠지만 말이다.

그것과는 별개로, 그 파트너가 반드시 남성일 필요가 없다는 의견에도 십분 동의한다. 주위의 연애 경력 20~30년 차의 언니들 가라사대 남자는 인생 파트너로는 도저히 못 미더운 존재(!)라고 하는 게 현실이니까. 결혼한 언니들도 그 의견에 목이 떨어져라 끄덕이며 동조를 하는 모습을 보면 더더욱! 그러니 어서 가까운 시일 내에 생활동반자법*이 통과되어 결혼이라는 형태 외에도 서로를 믿고 의지하며 살아갈 수 있는, 다양한 형태의 가족이 많이 만들어지면 좋으련만. 하지만 언젠가 그 법이 통과되는 날이 오더라도 나의 가치관이 크게 변할 거라고는 생각하지 않는다.

내가 그렇게 생각하는 가장 큰 이유는, 어쨌거나 내가 매우 이상적인 '정상 가정'에서 자라났기 때문일 것이다. 우리 아빠는, 온건적 마초의 현신 같은 사람이었다. 일명 '독수리 아빠'의 전형으로, 나에게 문제가 생기면 언제든지 달려올 수 있는 사람이자 가장 믿음직한 멘토였다. 십 대 내내 통금이 있을 만큼 엄격했지만 주말이면 늘 온 가족을 데리고 산과 바다, 놀이동산과 공원에 다닐 정도로 자상했다. 당신의 기분에 취해 멋대로 집안의 룰이 바뀐 일도 없었으

---

* 생활동반자법 : 혼인과 혈연 이외의 사람들이 함께 살 때 필요한 사회복지 혜택과 제도적 권리를 보장하고, 동거 생활을 시작하거나 해소할 때 필요한 절차를 규정하는 법.

며, 매를 든 적도 없었다. 성취나 학업에 대한 압박은 없었지만 단 하나, 거짓말은 허용되지 않았다. 경직되고 수직된 관계도 아니었고, 늘 자유롭게 이야기를 나누었으며, 지금도 아빠와 다양한 주제에 대해 이야기를 나누고 토론하는 것을 즐긴다. 우리 아빠는 그야말로 아버지로서 매우 이상적인 훈육자, 양육자, 보호자로서의 역할을 다했다고 나는 생각한다.

무엇보다 아빠는, 엄마를 정말 많이 사랑했다. 우리 엄마는 내가 열세 살쯤에 큰 수술을 하셨는데 그때 당시 아빠가 엄마에게 보여줬던 헌신은 정말이지, 어린 내 뇌리에도 깊이 박힐 만큼 인상적이었다. 당시 우리 가족은 중국에 살고 있었고 그곳의 병원 환경은 생각보다 열악했는데, 아빠는 중환자실 바깥의 대기실에 간이침대를 펴놓고 매일 밤 엄마 곁을 지키셨다. (이때 아빠의 앞머리가 하얗게 셌는데, 엄마가 건강해지신 후에도 이 하얀 앞머리만큼은 다시 검어지지 않았다) 그때만 해도 나는 그것이 부부 사이에는 당연한 일이라고 생각했지만, 이후 페미니즘을 공부하며 부부 중 남편이 암에 걸렸을 경우 아내가 간호를 하는 비율은 96.7%에 달하지만, 아내가 암에 걸렸을 경우 남편이 수발을 드는 비율이

28%밖에 안 된다는 것을 알게 된 후론* 그것이 얼마나 드문 일이었는지, 더욱 뼈저리게 느끼게 되었다.

물론 그런 아빠의 모습 역시 우리 엄마의 피나는 희생과 노력으로 만들어졌다는 것은 너무도 잘 알고 있고, 그래서 아빠가 엄마한테 잘하는 것이라고 생각한다. 그리고 나는 그러한 신뢰 관계를 늘 동경해왔다. 언젠가 이 얘기를 친구에게 했더니 친구는 "그럼 너는 아빠 같은 남자를 원하는 거야?"라고 물었다. 글쎄… 하지만 가벼운 엘렉트라 콤플렉스**라고 해도 솔직히 할 말은 없다.

확실한 것은 여성이라는 이유로 숭배와 혐오 사이를 수시로 오가며 각박한 세상을 홀로 헤쳐 나가고 있을 때, 미숙하게나마 나 혼자 뛰는 기분이 느껴지지 않도록 느끼게 해주는 상대, 즉 사랑이라는 이름으로 맺어져 동반자라는 이름으로 인생에 어떤 허들이라도 함께 넘을 수 있는 그런 파트너를 만나고 싶을 뿐이라는 것이다. 그런 상대가 아니라면 굳이 '정상 가정'을 이룰 필요가 없다는 것. 남성에게

* 「더 서러운 여성 암환자… 아내가 남편 수발 97%, 남편이 아내 간병 28%」, 『중앙일보』, 신성식 기자 외 3명, 2014년 4월 14일자, 종합 4면

** 엘렉트라 콤플렉스(Electra complex) : 딸이 아버지에게 애정을 품고 어머니를 경쟁자로 인식하여 반감을 갖는 경향. 정신분석학에서 오이디푸스 콤플렉스와 대비되는 개념이다.

여성이 그들의 성취의 일부로써 트로피처럼 쥐어지는 시대는 갔고, 다시는 오지 않으리라는 것. 그러니 제대로 된 파트너십을 이해하고 실천하지 않으면, 그들에게 결혼이라는 고차원적인 인간관계를 맺을 자격은 영원히 돌아가지 않을 것이다. 아니, 압수다. 압수!

하여간 터무니없는 이야기를 조금 더 덧붙여보자면, 기왕 사는 인생 해볼 수 있는 건 다 해보고 싶어서 결혼도 해보고 싶고, 이혼도 해보고 싶고, 재혼도 해보고 싶다는 꿈이 늘 마음 한구석에 자리하고 있다. 만약 첫 결혼을 한 파트너와 절대로 헤어지고 싶지 않다면 그 사람과 이혼을 하고 다시 결혼하는 퍼포먼스(?)까지 하고 싶을 정도로 그 체험(!)에 진심이다. 분명 많은 사람들이 결혼은 그렇게 가벼운 문제가 아니라고 할 것 같지만, 애초에 누가 말했듯이 "결혼은 미친 짓" 아니던가. 그럼 거기에 저런 정신 나간 짓이라도 한 번, 두 번 더 기꺼이 응해줄 수 있는 그런 사람이라면 얼마든지 결혼할 수 있을 것 같다. 평생을 함께 살아도 재미있을 것 같다.

아직은 어쭙잖은 비혼이고, 앞으로도 비혼주의자일지, 기혼주의자가 될지는 모르겠지만,

지금만큼은 내겐 오직 사랑뿐. ♥

어쨌든
연애하지 않습니다

　　　　　　　　　방금 전까지 사랑 타령을 한 것
이 무색하게도 이제 와서야 고백하건데, 사실 이 글을 쓰고
있는 지금의 나는 연애를 하고 있지 않다.

이 책을 처음 쓰기 시작한 게 2018년, 이십 대 중반이었던
내가 서른을 목전에 둘 만큼의 시간이 흐르는 사이 나는
꽤나 많은 사람을 만났고, 그것보다는 약간 적은 연애를 했
으며, 그러는 사이 나의 가치관과 연애관에도 많은 변화가
찾아왔다. 하지만 역시, 가장 큰 변화는 역시 이것이었다.

연애가 이전만큼 재미있지 않다.

연애 에세이를 쓰는데 연애가 재미없다니 이게 무슨 헛소리인가 싶을 것이다. 하지만 예전의 나는, 정말이지 사랑을 안 하면 죽을 것 같았다. 연애만큼 즐거운 일이 없었고 늘 관계를 찾아 헤맸다. 하지만 이제는 그다지 끌리지 않는다. 필요를 느끼지 못한다고 해야 할까. 물론 유래 없는 팬데믹 상황 때문에 사람을 못 만나서 그런 것도 있겠지만, 그럼에도 불구하고 적극적으로 연애를 추구하고 싶은 마음이 없다. 또 그렇다고 해서 성욕이 없는 것은 아니다.

다만, 단순히 성욕을 해결하는 것 이상으로 허투루 사람을 만나며 쓸데없는 시간을 보내고 싶지 않아진 것 같다. 말하자면 이런 것이다. 예전에는 상대방을 그다지 좋아하지 않아도 저쪽이 좋아한다고, 사귀자고 하면 사귈 수 있었다. 불도저에 약한 것도 있었고, 이 정도 썸을 탔으면 예의상 한 번쯤은 사귀어야 하지 않을까 하는, 정말 말도 안 되지만 그렇게 사귄 애인도 여럿이었다. 그렇다고 생리적으로 거부감이 느껴지는 사람이랑 사귈 정도로 무감각한 건 아니었고, 상대방과 같은 수준의 마음이 아니었을 뿐 만날 때는 진심으로 즐겁다고 느꼈다. 당시의 나는 그것을 사랑이라고 생각했지만, 지금 와서 보니 어쩌면 아닐지도 모르겠다. 미안하게도….

...

지난 몇 년간의 연애를 거치면서 깨닫게 된 몇 가지 사실이 있는데, 그중 하나가 나는 '꽁냥대는 시간'을 엄청 귀찮아한다는 것이었다.

내게 있어 최악의 데이트 코스는 밥 먹고, 영화 보고, 차를 마시는 것이다. (아니 물론, 처음 몇 번 정도는 괜찮아. 그때는 서로를 알아가는 시기니까. 대화를 많이 해야 하는 시기이기도 하고, 취향을 많이 나눠야 하는 시기이기도 하니) 하지만 연애 중반에도 그런 데이트라면 솔직히 혀를 깨물고 죽고 싶어진다. 그쯤 되면 일상적이지만 별 영양가 없는 대화나 나누고, 그마저도 할 말이 더 없어서 각자 휴대전화나 만지작거리다 유튜브에서 재미있는 걸 봤다면서 서로 보여주며 낄낄댈 시기거든. 누군가는 그것을 '힐링'의 시간이라고 부를지 모르겠으나, 나는 정말이지 그런 시간이 너무너무 아깝다. 물론 연애라는 행위 자체가 원래 신선 놀음이다만, 너무 비효율적이지 않아? 차라리 그 시간에 책을 읽는 게 낫겠어. 아니면 섹스를 하든가. (그렇다고 해서 내가 상대의 몸만 취하려 드는

쓰레기라고 오해하지는 않았으면 좋겠다. 그럴 거였으면 차라리 섹스

파트너를 뒀겠지)

나도 같이 시간을 보내는 것은 좋아. 다만, 내가 싫은 것은 '함께'라는 이유로 '아무 의미 없이' 시간을 보내는 거야.

같이 시간을 보낼 때 좀 더 건설적인 시간을 보냈으면 좋겠어. 대화가 오고 갈 때 빙글빙글 도는 맨날 똑같은 회사 이야기, 상사 욕, 주변 사람 이야기 같은 것도 필요는 하겠지만 가능한 한 좀 더 깊은 이야기를 나누고 싶어. 듣기만 해도 좋고, 말하기만 해도 좋고, 나는 어떻게 느꼈는데 너는 어떻게 느꼈는지 묻고 싶어. 감정에 대해, 외로움에 대해, 철학적인 이야기도 때로는 나누고 싶어. 지식을 공유하고 싶어. 내가 모르는 세계를 너를 통해 알고 싶어. 너도 그랬으면 좋겠어. 어떤 책을 읽었는데 어느 구절이 좋았고, 언젠가 내가 봤던 영화의 어느 장면이 무엇을 오마주한 것이고, 네가 간 전시회의 작가의 이력을 찾아보고…. 모든 걸 함께할 수는 없겠지만, 친구가 더 좋을 때도 있겠지만, 그럼에도 불구하고 내가 관심 없는 분야더라도, 네가 잘 모르는 분야더라도 서로 이야기를 나눌 수 있었으면 좋겠어. 그리고 그렇게 함께 발전하는 관계였으면 좋겠어. 서로의 모든 것을 이해할 수는 없을 테지만 인정하고 수용할 수

있는 그런 관계라면 솔직히 대화가 없는 때에도 그 산뜻한 침묵을 즐길 수 있을 것 같아. 말의 틈새를 채워야 한다는 강박 없이 그제서야 비로소, 서로에게 기대고 있는 의미를 찾을 수 있을 것 같아.

그래서 최근에 내가 생각한 가장 이상적인 데이트는, 만나서 각자의 일을 하는 것이다. 바로 옆에 앉아서 허벅지를 맞대고 책을 읽는 것도 좋고, 마주 보고 앉아 그림을 그려도 좋고, 글을 써도 좋고, 심지어 잠을 자도 좋다. 그저 함께 한 공간에 있을 뿐이지만 서로에게, 각자에게 의미 있는 시간을 보냈으면 좋겠다. 특히나 요즘 같은 때에는 더더욱. 그리고 그러다가 눈이 맞아서 짜릿한 섹스를 하고 싶다. 끝내주는 섹스 뒤의 꿍냥거림만큼은 합법이다. 오히려 그건 안 하면 불법이야.

...

물론 세상에 나를 위한 저런 맞춤형 남자가 있을 거라는 생각은 안 한다. 모든 관계가 그렇듯이 나도 상대에게, 상대도 나에게 아쉬운 점이 분명 있을 것이고, 함께하기 위해 같이 조율해나가야 한다는 사실쯤은 알고 있다.

하지만 수년간 공고해진 한 인간의 기본 성향은 절대 쉽사리 변하지 않고, 그것은 맞춰나가고 말고의 문제가 아니다. 요컨대, 70% 정도로 가치관이 맞는 상태에서 나머지 30%를 맞춰가는 것은 애정의 영역이나, 반대로 애정만으로는 30% 이상의 차이를 커버할 수 없다는 뜻이기도 하다. 친구 사이에도 그 정도로 안 맞으면 서서히 멀어질 텐데, 왜 연인이라는 영역에서만큼은 어떻게든 그 커다란 차이를 메우기 위해 무리하는 것일까? 뭐, 그게 연애의 묘미일수도 있겠지만. 나는 그러기엔 이제 너무 지쳤어요, 땡벌, 땡벌. 더 이상 애먼 데에 에너지 낭비를 하고 싶지 않다.

슬프게도, 능숙해졌다.

이제는 연애 상대가 될 수 있을 법한 사람과 어느 정도 얘기를 나눠보면 나와 얼마만큼 맞는 사람인지 대충 파악이 된다. 한두 개 꽂히는 포인트가 있다 하더라도, 경험상 나는 그 한두 가지 요소로는 오래갈 수 없는 사람이라는 걸 알고 있다. 모험은 흥미롭지만 짧다. 예전의 나에게는 그것마저 즐거움이었을지 모르겠으나, 지금의 나에게는 부담에 가깝다. 한밤중에 먹는 빅맥 햄버거같이, 맛있다는 것을 알고 있지만 더부룩하기 짝이 없다는 것 역시 알고 있다.

그렇다고 해서 어설프게 '비연애, 비혼'을 선언하려는 건 아니다. 오히려 그 정도의 부담을 뛰어넘을 만큼 끝내주는 사랑을 하고 싶다. 더 깊은 여운을 남기는 관계가 필요하다. 아마 그것은 연애라기보다는 이전에도 언급한 파트너십에 더 가깝지 않을까 하는데, 그런 관계는 쉬이 맺을 수 없다는 것쯤은 경험으로 알고 있다.

그러니까 그때를 위해, 그 순간을 위해서라도 맑은 정신인 채로 있고 싶다. 내 소중한 에너지를 그저 그런 사람과의 시시한 유희가 아닌, 나의 능력과 재능을 키우고 펼치는 데 쓰고 싶다. 그리고 그렇게 열심히 살던 어느 날, 똑같이 열심히 살던 누군가와 조우하기를 진심으로 바란다. (어라, 혹시 이게 바로 언니들이 그토록 부르짖던, 혼자여도 괜찮은 순간인 건가? 사부님! 제가 드디어 깨달음을 얻었습니다!)

그렇다고 해서 운명이니, 어디서 좋은 남자가 뚝 떨어지기를 바라는 도둑놈 심보는 아니다. 오히려 나의 활동 반경을 넓혀서 레이더망을 최대로 펼치겠다는, 그리고 나의 거미줄에 걸리는 대로 와락 감아버리겠다는 포부에 가깝다. 어디 걸리기만 해봐라. 아주 그냥 엄청 잘해줘서 나한테 퐁당 빠져버리게 만들랑게.

...

솔직히 이래놓고 언제 또 연애하고 싶다고 징징거릴지 모르겠다. 어느 날 갑자기 하나부터 열까지, 10%도 제대로 안 맞는 사람과 사랑에 빠져 아무 의미 없이 꽁냥거리는 자가당착의 추태를 부릴지도 모른다.

하지만 그러면 뭐 어때.

좋잖아요, 사랑. 재미있잖아, 연애.

하지만, 어쨌든,

오늘은 연애하지 않습니다!

망한 사랑을 하고 있는 당신에게

잔뜩 망해둬.
실컷 울고, 실컷 웃고, 실컷 사랑해.
어차피 그렇게 될 수밖에 없을 거야.

연애에 망하고

망하고 망하고

망하고 망하고 또 망해도

너와 사랑을 하고 싶어.

무엇이든 물어보세요

Ask me a question

Q. 연애를 하고 싶은데,
주변에 괜찮은 남자 찾기가 너무 힘들어.

내가 생각해도 요즘 진짜 '괜찮은 남자'가 씨가 마른 것 같아. 일단 만나는 순간부터 범죄자가 아닌지 걱정해야 한다는 게 말이 돼? 조건 다 떠나서 얼굴도 멀쩡하고, 허우대도 멀쩡하고, 직장도 멀쩡한데 알고 보니 점심시간에 '오피(성매매 업소의 일종)' 가는 성매수범이라던가, 자고 있는데 몰래 불법 촬영물 찍는 놈이었다던가, 혹은 화만 나면 돌변하는 데이트 폭력범일까 봐 걱정해야 한다는 게?

그런 게 아니더라도 말이야, 내가 범죄자 하니까 생각난 건데 내가 한번은 장난처럼 아는 오빠한테 남자를 소개시켜달라고 했거든? 곧바로 사진을 몇 장 보여주길래, 내가 그래서 "무슨 일하는 사람인데?" 했더니 원래 무슨 사업을 했대. 그래서 내가 "원래? 지금은 뭐 하는데?" 하고 물었다? 그랬더니 말이야, 지금 빵에 있대, 감방. 세금 뭐시기에 얽혔다나. 너무 어이가 없어서 오빠는 친동생한테도 그런 남자 소개시켜줄 거냐고 물었더니 사람은 괜찮다는 거야. 아니, 괜찮은 사람이 감방에 왜 가? 그리고 거기에 왜 날 소개시켜줘? 나르으을? 그래서 너나 만나라고 했지. 봐, 주변이라고 썩 믿을 만한 건 아니라니까. (웃긴 건, 그 오빠는 진심으로 그 사실이 흠이 아니라고 생각했다는 거야)

우리가 괜찮은 남자가 있을 만한 곳을 적극적으로 찾아갔다고 해도, (어딘지는 나한테 묻지 마. 나도 모르니까) 거기서 연애함 직한 매력적인 남자를 찾을 수 있으리란 보장도 없고, 그 남자한테 내가 매력적으로 보일지도 미지수이고, 어찌저찌 연애에 성공한다 해도, 아까 말한 것처럼 그 사람이 멀쩡하리란 보장도 없잖아? 그 일련의 과정이 수고로운 것은 둘째 치고, 그만 한 수고를 들일 가치가 있는 남자가 생각보다 없는 것 같아.

그래서 생각한 건데, 차라리 그 시간에 내 인생이나 열심히 사는 게 나은 듯.
그러면 적어도

1. 인생을 열심히 안 사는 남자
2. 열심히 사는 여자에게 열등감 느끼는 남자

이 둘은 확실하게 거를 수 있기 때문.

특히 2번이 위험한데, 지가 찌질이 팔푼이라고 다른 사람도 끌어내리려 드는 멍청이 똥 쓰레기라서 그래. 저런 타입은 세상이 자기한테 큰 빚을 졌다고 생각하는 타입이라서, 그게 낮은 자존감과 합쳐졌을 때는 스스로를 해치다 못해 상대를 해치기도 하니까 냉큼 도망가야 해!
그리고 1번은 뭐, 열심히 사는 사람 옆에는 열심히 사는 친구가 생기고, 또 그

열심히 사는 친구 옆에는 열심히 사는 지인들이 있거든? 그렇게 뻗어나가다
보면 언젠가는 서로 닿는 순간이 올 거라고 나는 생각해.

 A. 일단 만나면 『쌍년의 미학』을 건네봐. ⋯

studio.soran ✕

Ask me a question

Q. 애인이랑 헤어졌는데 자꾸 생각나서 머릿속이 어지러워. 어떻게 해야 해?

사실 나 얼마 전에 구 남자 친구한테 "여전히 널 사랑하고 있어"라고 문자를 받았거든? 근데 왜 생각이 났는지, 그런 말은 한마디도 없더라?

어떤 여자를 만나도 널 잊을 수 없다는 그런 거창한 말이 아니더라도, '오후 세시의 햇살에 네 생각이 나는 걸 보니 여전히 너를…' 이라던가. 마트의 치즈 코너를 돌다가 네가 크래커 위에 치즈와 무화과 잼, 살라미를 얹어 먹던 습관이 생각났다던가. 아니면 적어도 솔직하게 그냥 너랑 섹스하고 싶다고, 차라리 그 말이라도 한 줄 쓰여 있었다면 용기가 가상해서 답장 정도는 했을 텐데. 그 한 줄에 모든 걸 응축했다는 건 알고 있어. 하지만 말로 안 하면 상대는 모르잖아? 그걸 위해서라도 한 번쯤은 정리를 해보는 게 좋은 것 같아. 왜 그 사람이 계속 생각나는지, 그 사람을 여전히 사랑해서 그런 건지, 미워해서 그런 건지. 그 사람한테 좋았던 것, 싫었던 것, 아쉬웠던 것, 화났던 것, 기분 나빴던 것까지 모두 생각나는 대로 적어보는 거야. 어차피 누굴 보여줄 게 아니니까 앞뒤가 안 맞아도 상관없고 쌍욕을 적어도 문제없어. 아니면 아예 그 사람에게 편지를 쓰듯이 쓰는 것도 좋지.

다 쓰고 그 글을 처음부터 끝까지 쭉 읽어보면, 아마 스스로도 깜짝 놀랄 만큼 낯선 자신의 마음이 보일 거야. 글자로 된, 눈에 보이는 객관적 형태가 주는 충격이 있거든. 여전히 사랑하고 있다는 결론이 났다면 그 글을 좀 다듬어서 상대에게 보내보고, 미워서 그런 거였다면 서랍에 고이 넣어뒀다가 그 사람이 생각나는 새벽 2시에 펼쳐 읽어보시오. 이불킥 1회 적립될 것.

 A. 차라리 주식을 해봐.
전 애인 따위는 생각도 안 날걸.

studio.soran

Ask me a question

Q. 술만 마시면 전 애인한테 연락을 해. 어떻게 고쳐?

 A. 술을 끊어, 바보야. ...

> Ask me a question
>
> **Q. 설레지 않아도 사랑일까?**

나는 설레지 않아도 사랑일 수 있다고 생각했거든?

세상에는 다양한 형태의 사랑이 있으니까.

근데 난 아니야.

적어도 나는 아니야.

설레지 않는다면 그건 연인으로서의 사랑은 아니라고 생각해. 설레지 않는 사람이랑 하는 섹스를 즐겁지 않으니까. 키스도 마찬가지고. 키스와 섹스만이 연애의 척도냐고 묻는다면 그건 아니겠지만, 그걸 하지 않는다면 굳이 연인 사이가 아니어도 되잖아? 보통은 친구랑 키스나 섹스를 하지는 않으니까. 그런 맹숭맹숭한 키스와 섹스는… 으, 다시는 경험하기 싫어.

설렘은 불씨 같은 거라서,

조금 사그라진다 해도 불씨만 살아 있다면 산소를 공급하든, 기름을 붓든, 장작을 때려 넣든, 살리려는 노력만 한다면 어떻게든 다시 탈 수 있지만, 애초에 없는 거라면 아무리 휘발유를 끼얹어도 안 되는 거야.

 A. 마음에 불을 지펴. ...

studio.soran ✕

> Ask me a question
>
> **Q. 사랑이 뭐라고 생각해?**

"네가 행복했으면 좋겠다."

어렸을 때는 내가 아닌 다른 이유로 즐거워하는 애인을 보면 그게 그렇게 화가 났었지? 어떻게 내가 없는데 행복할 수 있지? 나는 이런데, 너는 어떻게 그렇게 즐거워? 넌 나 없이도 그게 되나 봐? 그래서 내가 기분이 안 좋으면 일부러 애인 기분을 잡치게 하기도 했어. 일부러 트집 잡고, 화내고…. 지금 생각해 보면 엄청 못된 심보지.

근데 그때는 그렇게, 연인과 일심동체가 되어야만 한다고 믿었던 것 같아. 그러다 나이가 들면서 알게 되는 거지. 깨닫고 마는 거지.

상대의 행복을 내가 다 책임질 수 없다는 걸.

어른이 된다는 건, 결국 자신의 한계를 아는 거라고 생각해. 그래서 성숙한 관계를 맺는다는 건 '자신의 즐거움을 어느 정도 스스로 챙길 수 있을 만큼 자립

한' 상태인 동시에 그런 상대의 행복이 곧 내 행복이라는 것을 알게 되는 과정인 것 같아. 그렇다고 해서 지 x대로만 생각하는 이기적인 놈을 사랑한다는 건 아니고, 적어도 나 없으면 죽겠다고 하는 놈보다는 나 없이도 잘 살겠지만 그런 와중에도 내 곁에 있는 관계가 좋은 것 같아. 나 없으면 죽는다던 그놈들, 지금도 멀쩡하게 잘 살아 계시더라고.

그렇다고 나랑 함께하지 않을 놈의 행복까지 빌어줄 부처는 못 되고, 적어도 내 곁에 있는 당신이 좋은 생각만 하고, 좋은 것만 보고, 좋은 것만 먹었으면 좋겠어. 늘 행복하고 좋은 일만 있었으면 좋겠어. 그런 당신을 보고 설레고 싶어.

 **A. 그리고 당신도 나에 대해
그렇게 생각해줬으면 좋겠어.**

studio.soran ✕

> **Ask me a question**
>
> **Q. 남자를 연애 대상으로만 바라보고,
> 그들한테 사랑받으려고 애쓰는 자신이 한심해.**

마, 여자가 바지 두른 남자한테 좀 껄떡댈 수도 있지!
수두룩 빽빽한 양의 남자들이 모든 여자를 잠재적 연애 대상으로 보는데!
마! 여자도 좀 그럴 수 있지!

성별을 떠나 사람이 사람에게 사랑하고 사랑받고 싶은 건 당연한 욕구라고 생
각해. 다만 한 가지, 상대에게 사랑받고 싶은 마음에 나 자신을 지워버리는 것
만큼은 말리고 싶어.
내가 아닌 나를 연기하고, 좋아도 싫은 척, 싫어도 좋은 척, 나중에 가면 어느
게 진짜 내 마음인지로 모르게 된다? 사랑받는 것도 중요하지만, 사랑받는 이
유가 내가 아닌 다른 존재를 연기하기 때문이라면 너무 허무하잖아. 의미 없
잖아. 억울하잖아.
아마 그쪽은, 스스로가 사랑받을 만한 사람인지에 대한 확신이 없는 것 같아.

그러니까 자꾸 다른 이미지를 연기해서라도 사랑받고 싶은 거지. 이해해요.
왜냐하면 나도 그랬거든.

그러니까 내가 이 고민을 하고 있을 때, 언젠가의 누군가가 내 손을 꼭 잡으면서 했던 말을 해줄게요.

> A. 당신은 사랑받을 만한 사람이에요. 당신 그대로, 당신의 존재 자체로 사랑받을 만한 사람이야. 사랑받으려고 노력하지 않아도, 당신은 사랑받을 만한 사람이야.

> Ask me a question

> Q. 만나서 스킨십할 때는 좋은데, 만나지 않을 때
> 전화나 문자로 깊은 대화가 안 이어질 때는 어떻게 해야 해?

딱 이런 남자 친구 있었음. 같이 있을 때는 좋은데 뒤돌면 싹 잊히는 남자.
분명히 즐거웠는데 정작 집에 오면 무슨 대화를 나눴는지 잘 기억도 안 나고,
전화나 문자를 하면 뭔가 말이 뚝뚝 끊어지는 느낌이 들고…. 결국 딱 그 정도
사이였던 거지.
만나면 좋고, 스킨십도, 섹스도 좋지만 깊이 있는 대화는 나누지 못하는 사이.
반대로 대화는 너무 잘 통하는데, 터치가 전혀 설레지 않는 사람도 있었고.

어느 한쪽만 충족되는 관계가 나쁘다는 게 아니야.
물론 내가 사랑하는 사람과 황홀한 스킨십과 더불어 감정적이고, 지적이고,
깊이 있고, 의미 있는 대화를 나눌 수 있다면 좋겠지.
근데 그건 솔직히 판타지 아닌가? 둘 중 하나만 연인에게서 기대하고, 다른 쪽
은 밖에서 찾는 사람 꽤 많아. 친구라던가, 동호회라던가, 어플이라던가, 클럽

같이 다른 곳.

하지만 네가 원하는 건 그런 상대가 아니잖아? 둘 다 충족되는 관계를 원한다면, 그런 관계를 맺어야지!

 (**A. 만나면 좋은 친구는 친구로 남기자.** ···)

**Q. 좋아하는 사람에게 너무 거침없이 빠져들고 말아.
너무 좋아하는 티를 내면 안 된다던데 ㅠㅠ**

인생은 짧고, 호르몬 분비 기간은 더 짧은데 지금 아껴가며 표현한다고 나중에도 같은 마음이리란 보장은 어디에도 없어요.

실컷 사랑해요.
사랑에 빠진 마음을 소중히 여겨요.

 **A. 소중한 마음을 똑같이
소중히 대해주지 않는 사람은 절대 만나지 마.** ⋯

Q. 동거에 대해서 어떻게 생각해?

할 수 있다면 해보는 게 좋다고 생각하는데, 특히 결혼을 염두에 두고 있다면 꼭 해봐야 하는 것 같아. 연애 10년 하고도 결혼해서 같이 살기 시작하고 몇 달 만에 이혼한 커플들의 이야기는 너무 흔해서 질릴 지경이니까.

생각해보면 연애할 때 서로의 집을 오고 가거나 며칠 같이 있는 거랑은 차원이 다를 수밖에 없긴 하지. 이전의 그건 완전히 소꿉놀이지. 같이 산다는 건 완전히 다른 얘기. 방구도 트고, 서로 똥 냄새도 맡아가면서, 현실적으로 내가, 혹은 상대가 누군가와 함께 살 수 있는 사람인지 알아보는 과정은 꼭 필요하다고 생각해. 사계절을 붙어 지내봐야 상대를 어렴풋하게나마 파악하지, 평생 함께 보낸 가족하고도 잘 모르는데.

하지만 연애 초기에 금방 동거에 뛰어드는 건 좀 위험한 것 같아. 보통 세 가지로 나뉘는데 정말 잘 맞아서 계속 같이 살게 되는 타입, 하루 온종일 붙어 있다 몇 달 후에 호르몬이 다 소진되어 박 터지게 싸우고 헤어지는 타입, 상대의 폭력성이 갑자기 튀어나와 위협을 느끼는 타입. 1번이라면 우리 모두가 행복하겠지만 두 번째, 세 번째가 될 가능성은 얼마든지 있으니 도망칠 구석은 미리미리 만들어놔야겠지. 가장 중요한 건 피임이고, 중요한 문서나 귀중품은 믿을 만한 사람 또는 장소에 따로 맡겨서 보관할 것. 그리고 돈은 절대! 절대 같이 관리하지 말 것.

지인의 경험담인데, 헤어지자고 했더니 현관 자물쇠를 바꿔 달아버리고, 같이 내던 월세 집의 명의가 남자 친구의 것이라는 이유로 쫓겨난 일이 있었대.

그러니까 정신 바짝 차리자!

 A. 귀신보다 사람이 무섭다. ···

studio.soran

Ask me a question

Q. 썸남이랑 주말에만 연락이 안 돼요.

 A. 그 사람, 아마 유부남일 거야. ...

Ask me a question

Q. 남자 친구와 페미니즘 이야기를 하는 게 버거워요.

나는 옛날에는 말이 안 통하면 그냥 헤어지라고 했는데, 요즘에는 생각이 좀 바뀌었어. 말하자면… 인류애 같은 건데, 인류에 이바지한다는 생각으로 한 번쯤은 이야기를 나눠보는 거지….

예전에 사귀던 남자 친구랑도 이런 주제의 대화로 한참 동안 다투다 결국 얼마 안 가서 헤어졌는데, 헤어진 지 1년쯤 됐나…. 연락이 왔더라고? 미안하다고. 그때 자기 생각이 짧았대. 공부하다 보니까 자기가 그때 잘못 알았다고.

그래서 사실 의제 하나하나 따지고 들어가기보다는, 이때 상대의 반응을 보는 게 중요하다고 생각해. 이런 얘기 나눌 때 정말 진지하게 내 이야기를 궁금해하고 경청하는 자세가 되어 있는지, 아니면 어떻게든 이겨먹을 생각만 하는지, 혹은 그냥 듣기 좋은 말로 어물쩍 넘기려고 생각하는지, 그런 반응을 봐야 해. 정말 몰라서, 더 알고 싶어서 물어보는 경우라면 내가 입 아프게 말싸움하기보다는 백문이 불여일견, 책을 읽게 하는 것이 빠르고 확실하겠지. 그 정도의 노력도 기울이지 않는다면 그때 가서 포기해도 크게 늦지 않다. 만약 그런 반응이 아니라 "에베베베~ 안 들려~"라던가, "응응, 자기 말이 다 맞아요, 그러니까 꼬추 빨아줘♥" 같은 반응이라면 하루 빨리 안전이별 기원합니다.

그게 아니더라도 '언제까지 우쭈쭈해줘야 해?'라는 생각이 들겠지만, 나를 사랑하는 상대의 마음과 내가 상대를 사랑하는 마음을 한 번쯤 믿어보고 이야기를 나눠봅시다.

 A. 교양인인 우리가 딱 한 번만 참자. ···

studio.soran

Ask me a question

Q. 페미니즘에 대해 공부하면 할수록
꾸미는 자신과 연애를 하는 스스로의 모습에 혼란스러워요.

타인에게 매력적으로 보이고 싶고, 사랑하고 싶고, 사랑받고 싶은 건 인간이라는 이름의 사회적 동물이라면 당연히 가지는 본능이라고 생각해.

나는 페미니즘이 그동안 사회가 주입해왔던, '여성'이라는 이름 아래 관성적으로 해야만 했던 것들을 탈피할 수 있는 계기가 된다면 충분하다고 봐. 하던 걸 안 해보고, 안 하던 걸 해보고…. 그렇게 조금씩 조절해나가는 게 아닐까?

A. 사람이 어떻게 신념만으로 살겠어,
   인생을 사는 거지.

하하하,
웃고 지나갈 수 없다면

돌이켜보면, 참 열심히 연애를 했습니다.

스물두 살에도, 스물다섯 살에도, 스물여덟에도, 늘 누군가를 좋아했고, 누군가와 연애를 했고, 누군가에게 빠져 있었죠. 그러다 보니, 처음으로 누군가에게 보여주기 위해 쓴 글이 '연애 칼럼'이었던 건 어찌 보면 당연한 수순이었던 것 같습니다.

이 책에는 제가 스무 살에 처음 쓴 '연애 칼럼'을 포함해, 꼬박 10년의 연애 역사가 응축되어 있습니다. 너무 꼭꼭 뭉치다 보니 핑크빛의 행복한 이야기는커녕 새빨갛다 못해 시꺼멓기까지 한 이야기들이지만, 사실 이것은 제가 '사랑을 하고 싶다'는 사실을 인정하기까지의 처절한 시행착오 과정이라고 할 수 있습니다.

사람은 자기 내부의 결핍을 외부에서 찾는다고 하지요. 저는 사랑을 하고 싶었어요. 사랑을 원했어요. 사실은 외로웠어요. 그래서 연애를 했어요, 사랑이 아니라.

그래서일까요, 저는 거짓말로라도 제가 '건강한 연애'를 했다고 생각하지는 않습니다. 외로움을 지울 수 있는 가장 빠르고 쉬운 방법으로 연애를 택했을 뿐이죠. 사실 딱히 좋은 방법도 아닌데, 하여간 벌어진 상처가 보기 싫어서 싸구려 반창고만 덕지덕지 붙이던 시기도 있었습니다. 당연한 얘기지만 형편없이 떨어져 나갈 뿐이었죠. 끈적거리는 거무죽죽한 자국만 남기고요. 아마 저 말고도 많은 사람들이 비슷한 선택을 했겠죠. 자신의 외로움을 마주하기 싫다는 이유로 말이에요. 그래서 저는 연애가 모든 결핍을 해결해준다고 생각하지 않는 동시에, 연애 없이 살아갈 수 있다고 생각하지도 않습니다.

사실 연애하지 않을 자유가 없는 세상에서 연애할 자유를 외친다는 것 자체가 얼마나 모순적인 행동인지는, 그 누구보다 잘 알고 있습니다. 사랑할 만한 사람이 없다는 말에도 공감하고요. 그 흐름에 저항하기 위해 비연애, 비혼이 새로운 트렌드로 떠올랐죠. 사실 제 주위만 해도, 20대와 30대 내내 연애에 죽고 못 살던 언니들이 이제는 남자보다 돈이 더 좋다며 주식 투자에 열을 올리는 모습을 보고 있노라면 여전히 사랑 타령을 하는 저 혼자만 철이 없나 싶기도 합니다.

하지만 그럼에도 불구하고, 혹은 그러니까, 다들 끝내주는 사랑을 했으면 좋겠어요.

저는 더 이상 저의 연애가 농담이 아니기를 바라요. 사랑하기 때문에, 연애라는 이름으로 더 이상 용납하지 않았으면 하는 것들이 있어요. 그걸 타협하지 않는 자신이 좋아요. 지금이 좋아요.

물론 그렇다고 해서 제가 지나온 길이, 그리고 지금의 제가 정답이라고 생각하지는 않습니다. 정답은커녕 아주 개망나니가 따로 없지요. 아마 앞으로도 그렇게 '모범적인' 연애는 못할 확률이 더 높고, 안 망하리라는 보장도 없습니다. 사실 망한 사랑이라는 게 다 뭐겠어요. 끝났으니까 망한 거죠, 뭐. 덜 망하고 더 망하고의 차이만 있을 뿐. 하지만,

그러니까

그래서

그래도

그럼에도 불구하고

앞으로도 망하고 또 망하고, 아무리 망해도 사랑을 하고 싶어요. 천 번을 흔들리고 울고 웃고 절망하고, 지금 와서 떠올려보면 푸시시 웃음이 나올 만큼 쓰잘데기 없는 시간이었지만 그래서 현재의 내가 있다고 생각합니다. 티끌 하나 없는 완벽한 모습은 아니지만 적당히 엉망진창인 게 마음에 들어요.

그 세월을 보내놓고도 아직도 정신 못 차렸냐고 누군가가 물을지도 모르겠습니다. 네, 그래서 그런 거대한 농담 같은 책을 쓰고 싶었습니다. 결국 빙글빙글 돌아 제자리지만 한 발자국 정도는 움직였다고 말하고 싶었습니다.

그러니 여러분도,

모두 끝내주게 망한 사랑을 하기를 바랍니다.

2021년 2월

민서영 드림

망하고 망해도 또 연애

초판 1쇄 인쇄 2021년 2월 17일 **초판 1쇄 발행** 2021년 2월 26일

지은이 민서영
펴낸이 연준혁 이승현

편집 1본부 본부장 배민수
편집 1부서 부서장 한수미
책임편집 박윤
디자인 함지현

펴낸곳 ㈜위즈덤하우스 **출판등록** 2000년 5월 23일 제13-1071호
주소 경기도 고양시 일산동구 정발산로 43-20 센트럴프라자 6층
전화 031)936-4000 **팩스** 031)903-3893 **홈페이지** www.wisdomhouse.co.kr

ⓒ 민서영, 2021

ISBN 979-11-91308-96-9 02810